AF740959

www.ingramcontent.com/pod-product-compliance
Lightning Source LLC
LaVergne TN
LVHW051103051026
849532LV00004BB/1417

* 9 7 8 9 3 5 8 7 2 9 2 6 9 *

سرگزشتِ اسیر

(ناول)

وکٹر ہیوگو [Victor Hugo] کی مشہور تصنیف

The Last Day of a Condemned Man

کا اردو ترجمہ

مترجم:

سعادت حسن منٹو

Sarguzasht-e-Aseer *(Novel)*
by: Saadat Hasan Manto
Edition: May '2024
Publisher :
Taemeer Publications LLC (Michigan, USA / Hyderabad, India)

ISBN 978-93-5872-926-9

کتاب	:	**سرگزشتِ اسیر** (ناول)
مصنف / مترجم	:	**سعادت حسن منٹو**
پروف ریڈنگ / تدوین	:	اعجاز عبید
صنف	:	فکشن (ترجمہ)
ناشر	:	تعمیر پبلی کیشنز (حیدرآباد، انڈیا)
سالِ اشاعت	:	۲۰۲۴ء
صفحات	:	۱۳۰
سرورق ڈیزائن	:	تعمیر ویب ڈیزائن

فہرست

انتساب!

مجرم کی معصوم بچی میری کے نام

(مترجم)

دیباچہ

از مصنف

جب یہ کتاب پہلی مرتبہ شائع ہوئی تو اس کے سرورق پر مصنف کے نام کی جگہ ذیل کی چند سطور درج تھیں:۔

"اس کتاب کی تکمیل دو اسباب کی مرہون منت ہو سکتی ہے: اولاً کسی تباہ شدہ انسان کے احساسات، مشاہدات اور مدرکات بوسیدہ کاغذات کی صورت میں دستیاب ہوئے ہوں جنہیں لفظ لفظ نقل کر دیا ہو۔ ثانیاً کسی حساس، مفکر، شاعر یا فلسفی کے خیالات کا مجموعہ جن کے عمیق سمندر میں وہ برسوں غوطہ زن رہا اور اس وقت تک چین نہ لیا جب تک اس کے افکار نے کتابی صورت اختیار نہ کر لی۔ ان دو اسباب میں کسی ایک کے ذہنی رشتہ کی استواری کا انحصار ناظرین پر ہے۔"

کتاب کی پہلی اشاعت میں مصنف نے جوئے فکر کو آزادانہ بہنے سے عمداً باز رکھا۔ وہ تفہیم نظریہ کا منتظر تھا۔ ایسا ہی ہوا۔ مصنف اب تنسیخ سزائے موت کے سیاسی اور معاشری اسباب ادبی رنگ میں پیش کرتا ہے وہ اس امر کا اعلان کرتا ہے کہ سرگذشت اسیر سے اس کا مقصد سزائے موت کی تنسیخ ہے۔ اس کے پیش نظر کسی خاص مجرم کا تحفظ نہیں۔ وہ تمام مجرموں کی طرف سے وکالت کرتا ہے۔ خواہ عہد حاضرہ کے ہوں یا زمانہ مستقبل کے، مصنف انسانی حقوق کو سب سے بڑی عدالت یعنی سوسائٹی میں پیش کرتا ہے۔ فتویٰ سزائے موت کے المناک تاثرات عدالت کی فصاحت میں گم ہو جاتے

ہیں۔" زندگی اور موت کا سوال۔" یہ ایک واضح اور عیاں مسئلہ ہے۔ مجلس وکلا نے اس کی ہیئت کو تبدیل کر رکھا ہے۔ اس مسئلہ کو اس کے حقیقی قیام گاہ پر روز روشن میں دیکھنا چاہئے۔ اس مسئلہ کی اہمیت کا اندازہ عدالت کی جگہ تختہ دار پر لگانا چاہئے۔ اور اس امر پر غور کرتے وقت جج کی نسبت قاتل کا زیادہ خیال رکھنا چاہئے۔

انہی تاثرات کی تخلیق و تولید کے لئے اس نے یہ کتاب لکھی۔ اگر ان تاثرات سے متاثر ہو کر سوسائٹی مصنف کے نظریہ کو شرف قبولیت بخشے تو اس سے زیادہ کامیابی کا اور کیا سہرا ہو سکتا ہے؟

اس خیال کے پیش نظر کہ اس کی وکالت اس کے نظریہ کی طرح زمان و مکان۔ امسار و افراد کی تخصیص سے آزاد ہو۔ مصنف نے "سرگذشت اسیر" میں کسی خاص فرد، خاص مقام، خاص جرم، خاص عدالت اور خاص جلاد کا ذکر نہیں کیا۔ اس نے جانفشانی کے ساتھ اپنے خیالات کو اس انداز میں پیش کیا ہے کہ ہر ایک حساس قلب اس پر خون کے آنسو بہائے بغیر نہ رہ سکے۔

وہ نہایت خوش ہو گا اگر منصف نرم دل ہو کر مجرم کے احساسات قلب سے آشنا ہو جائیں۔

تین سال گذرے جب یہ کتاب پہلی مرتبہ شائع ہوئی۔ اس وقت لوگوں میں اس تصنیف کے متعلق بحث کا بازار گرم تھا۔ بعض لوگوں کا خیال تھا کہ یہ کسی امریکی کی تصنیف ہے۔ بعض اسے برطانوی کتاب سمجھ بیٹھے تھے۔ بعض کے نزدیک یہ کسی چینی مفکر کی مرہون منت تھی۔ کس قدر ظلم ہے کہ انسان اپنے پائیں باغ کی ندی سرچشمہ رود نیل قرار دے۔ یہ کتاب نہ امریکی ہے نہ برطانوی اور نہ چینی۔ مصنف نے سرگذشت اسیر کا تخیل ایسے مقام سے لیا جسے آپ بارہا دیکھ چکے ہیں، جہاں پر آپ کے دماغ میں بھی

ایسے ہی خیالات پیدا ہوتے۔ میری مراد "پیلس دی گریو کا چوک ہے' جہاں تم پھانسی کا چبوترہ تعمیر کرتے ہو۔

اسی مقام پر مصنف کے ذہن میں سزائے موت کے ہولناک نتائج نے جگہ پکڑی۔ جب وہ اپنے مکان پر بیٹھا تماشائیوں کو مقتل کی طرف اندھادھند بھاگتے دیکھتا تب اس کا خیال مقتول کی طرف ہوتا۔ وہ اس کی مشکلات کا خاکہ کھینچتا وہ خود کو مقتول تصور کرتا، تاکہ اس پر تدریجی مصائب واضح ہو جائیں۔ یہ المناک منظر صبح سے لے کر چار بجے شام تک جاری رہتا ہے۔ جب پھانسی کا گھنٹہ بج چکتا تب اس کے ذہن میں تھوڑا سا سکون حاصل ہوتا، اور وہ اپنے کام میں ازسرنو مشغول ہوتا" ال بیک" کے واقعہ قتل کے بعد اس نے یہ تصنیف شروع کی۔ اس تصنیف کی ابتدا کے بعد وہ سمجھتا کہ مقتل میں اس کا کوئی حصہ نہیں بلکہ وہ اس کے خلاف صدا اٹھارہا ہے۔ یہ محسوس کر کے اسے یک گونہ تسلی ہوتی۔

اس کے پیش نظر اس کے سوا کچھ نہیں کہ سزائے موت کا وجود دنیا سے حرف غلط کی طرح مٹ جائے۔ اور اس کی خواہش ہے کہ اقوام عالم کے روشن دماغ اور معلم اس کی اس خواہش کی تکمیل کے لئے کوشاں ہوں۔ وہ چاہتا ہے کہ اس شجر کو جڑ سے اکھاڑ کر پھینک دیا جائے جسے انقلاب بھی تباہ نہیں کر سکتا۔ مصنف بھی تختہ دار کو سطح زمین کے ساتھ ہموار کرنے کے لئے جدو جہد کر رہا ہے۔ اس تختہ دار کو جو مسیحیت کی گذشتہ صدیوں سے نصب ہے اور جسے آج سے ستر سال پیشتر" نکریا" نے تباہ کرنے کی کوشش کی۔ ہم نے ابھی عرض کیا کہ صرف تختہ دار ہی ایک ایسی ہولناک چیز ہے جسے انقلاب بھی فنا نہیں کر سکا۔ اگرچہ کلید انقلاب قفل زیست کو وا کرتی ہے اور وہ اپنے ساتھ قحط، زلزلے اور بجلیاں لاتا ہے۔ تاہم س کی تخریب میں تعمیر کا راز مضمر ہوتا ہے۔ لیکن

انقلاب بھی "سزائے موت" کو موت کے گھاٹ نہیں اتار سکا۔

ہم اس امر کو تسلیم کرتے ہیں کہ صرف جولائی کا انقلاب ہی ایسا انقلاب تھا جس نے موت کی سزا کو ایک قلم موقوف کر دیا۔ ایسا معلوم ہوتا ہے کہ یہ موجودہ دور اصلاحی تحریک کا نتیجہ تھا جس نے لوئی پانزدہم، رسلو اور روبس پیری کے خونی قوانین کا خاتمہ کر دیا۔ ۱۸۳۰ کے انقلاب نے ۱۷۸۹ء کی خون آشام تلوار کو نیام میں کر دیا۔

اگست ۱۸۳۰ء میں ہم متوقع تھے کہ من جملہ دیگر عیوب کے سزائے موت کا بھی خاتمہ ہو جائے گا، کیونکہ اس وقت شرافت اور تہذیب کی لہر عام لوگوں میں دوڑ رہی تھی۔ لیکن چند ہفتوں میں ہمیں ناکام ہونا پڑا۔ حقیقی آزادی کی طرح سزائے موت کی تنسیخ بھی ناممکنات میں سے تھی۔

اکتوبر ۱۸۳۰ء میں جب فرانسیسیوں نے اپنے بطل عظیم نپولین کی لاش کو سرزمین فرانس میں دفن کیا، سزائے موت کا مسئلہ چیمبر میں پیش ہوا۔ دو دن تک اس مسئلہ کے متعلق بڑی گرما گرم بحث جاری رہی۔ فریقین نے فصاحت کے دریا بہادیئے۔ اس بحث کا موضوع کیا تھا؟ تنسیخ سزائے موت! انکار یا اقرار! واقعہ یہ ہے:۔

چار افراد نے ------- سیاسیات کے اعلیٰ مدارج اور --- اس نقطہ تک پہنچنے کی کوشش کی جسے بیکن جرم اور "بیچاولی" مہم قرار دیتا ہے۔ خیر! جرم ہو یا مہم قانون موت کی سزا دیتا ہے۔ اب چاروں بدبخت قیدی تھے--- قانونی مجرم--- جن کی حفاظت پر تین سو سپاہی تعین تھے۔ اب کیا ہونے والا تھا؟ انہیں زندان کی گاڑی میں مقتل کی طرف جو ہجوم سے پرے تھا، لے جانا مشکل تھا۔ ان چار افراد کے نام کے اظہار کی ضرورت نہیں--- چار افراد ہمارے زمانے کے ہیں۔ سزائے موت کی تنسیخ کے مسئلہ پر غور کرنے کے لئے چیمبر کا اجلاس منعقد ہوا۔

دیکھیے حضرات! کل تک یہی لوگ تنسیخ سزائے موت کو محض ایک خیالی شے تصور کرتے تھے۔ اس سے قبل بارہا ان کی توجہ دارورسن کی طرف مبذول کرائی گئی۔ یہ امر کتنا تعجب انگیز ہے کہ آناً فاناً ان کے دماغوں میں یہ خیال پیدا ہو گیا۔

یقیناً ان کے پاس مشتعل ہونے کے لئے کافی ذرائع تھے۔ وہ سزائے موت کے خاتمہ کے لئے بحث نہیں کر رہے تھے۔ بلکہ اپنے ذاتی مفاد کے لئے بہت کچھ کر رہے تھے۔ اس طرح خود غرضی اور جاہ طلبی سے انہوں نے مجلسی زندگی کو مسموم کر رکھا تھا۔

ہمارے لئے اس امر کا اعلان غیر ضروری ہے کہ ہمارا تعلق ان افراد سے نہ تھا جو ان چار وزراء کی موت کے خواہاں تھے، جب وہ زندان میں اسیر کئے گئے۔ اس وقت دوسرے لوگوں کی طرح ہمارے قلب میں بھی ان کے لئے ہمدردی کے جذبات موجزن تھے۔ ہماری انتہائی خواہش تھی کہ انہیں موت کے گھاٹ نہ اتارا جائے بلکہ ان کی زندگیوں کو محفوظ و مامون رکھنے کے لئے خود کو تکالیف میں ڈالنے کے لئے تیار تھے۔

اگر تختہ دار پیرس میں نصب کیا جاتا تو اس کے خلاف اسی قدر پر زور مظاہرہ ہوتا کہ اسے جڑ سے اکھاڑ کر پھینک دیا گیا ہوتا۔ ان مظاہرے کرنے والوں میں ہم پیش پیش ہوتے۔

میں اس امر کو واضح کرنا چاہتا ہوں کہ سیاسی اختلافات کی بنا پر سزائے موت عوام کو بہت زیادہ مشتعل کرتی ہے۔ اس کے نتائج تباہی، بربادی اور خون آشامی کے سوا کچھ نہیں ہوتے۔ ہم سیاسی اور نفسیاتی بنا پر ان لوگوں کی جماعت میں داخل تھے جو ان وزرا کی جان بخشی کے خواہاں تھے۔

زمانہ انقلاب میں اولیں سر سے خبر دار رہو جسے تم تن سے جدا کر رہے ہو۔ یہ فعل ہی لوگوں کو مشتعل کرنے کے لئے بہت کافی ہوتا ہے۔

ہماری خواہش تھی کہ مجلس میں ان کے متعلق غور و فکر ہونے کے بعد سزائے موت کے فتوے کو منسوخ کر دیا جاتا۔

کیا انہوں نے کبھی جرائم کے اسباب پر غور کیا ہے؟ ان کی نگاہیں ان کے اسباب و علل سے بالکل ناآشنا ہیں۔ آہ! غربا! بھوک سے تنگ آکر چوری کرتے ہیں۔ اور چوری ہی تمام نتائج کو پیدا کرتی ہے۔ غریب اور لاوارث بچے جن کی پرورش سے انسانیت غافل ہے ۱۲ سال کی عمر میں جیلوں کو آباد کرتے ہیں۔ ۱۸ سال میں وہ عبور دریائے شور کی سزا پاتے ہیں۔ اور ۴۵ سال کی عمر میں وہ تختہ دار پر لٹکا دیئے جاتے ہیں۔

آہ! برگشتہ بخت جنہیں تم بیدار بخت بنا سکتے ہو۔ ان کا کوئی پرسان حال نہیں۔ سزائے موت کی تنسیخ سے تم نوع انسان کو ممنون احسان بنا سکتے ہو۔ تمہیں ایسا ضرور کرنا چاہئے۔ خواہ تم ذاتی طور پر اس میں دلچسپی نہیں لیتے۔ تمہارا یہ فعل سیاسی مراعات سے ارفع و اعلیٰ ہو گا۔ تم عوام کی مجلسی اور معاشری زندگی کو بہتر بنا سکتے ہو۔

سمجھ میں نہیں آتا کہ قوانین ساز تہذیب و تمدن کو کیا سمجھتے ہیں؟" ہمارا تنزل اور انحطاط قابل رحم ہے۔ عدل و انصاف نے دجل و فریب کا جامہ پہن رکھا ہے۔ قانون ایک مضحکہ خیز امر ہو چکا ہے۔

جس شخص کو تم موت کی سزا دیتے ہو۔ اس کے متعلق علی الصبح بازاروں اور کوچوں میں اعلان کیا جاتا ہے۔ اس کے سوانح حیات، جرم و سزا اور اس کی تکالیف کو اخبار میں توسیع اشاعت کی غرض سے ذکر کیا جاتا ہے۔ کیسی خوفناک تجارت ہے۔ وہ سکہ جو ان کے ہاتھ تک پہنچتا ہے خون آلود ہوتا ہے۔۔۔ سزائے موت کے لرزہ بر اندام نتائج۔۔۔

سزائے موت!!!

آہ! کس قدر المناک!

سزائے موت کے جواز میں آپ کے پاس جس قدر بھی دلائل و براہین ہیں ان سے ہمیں آگاہ کریں۔

میں نہایت متانت سے دریافت کرتا ہوں کہ اس کا جواب دیا جائے۔ میرا روئے سخن مقننین کی طرف ہے۔ مجھے دماغی عیاشیوں سے کوئی سروکار نہیں۔

بعض افراد سزائے موت کو دیگر مسائل کی طرح خلاف قیاس اور بعید العقل تصور کرتے ہیں۔ اور بعض سزائے موت کی تنسیخ پر صرف اس لئے زور دیتے ہیں کہ انہیں اس سے نفرت ہے۔ بعض اصحاب کے نزدیک یہ صرف ایک ادبی مسئلہ ہے۔ میں ایسے لوگوں سے مخاطب نہیں ہوں۔ میں معتزلین اور منطقیوں اور فقہا کی عنان توجہ اپنی طرف مبذول کراتا ہوں، ان لوگوں کی توجہ جن کے نزدیک سزائے موت جائز ہے۔

انہیں اپنے دلائل پیش کرنے چاہئیں۔

قانون دان اصحاب کا ایک طبقہ سزائے موت کو جائز قرار دیتے ہوئے مندرجہ ذیل دلائل پیش کرتا ہے:۔

اولاً مجلسی دائرہ سے ایسے متنفس کا وجود قابل اخراج ہے۔ جس نے مجلسی زندگی میں تلخی پیدا کی۔ اگر اسے زندہ چھوڑ دیا گیا تو سوسائٹی کو اس سے مزید نقصان کا احتمال ہے۔

اگر یہی ہے تو میرے خیال میں حبس دوام کافی ہے۔ سزائے موت کے کیا معنی؟

تم کہتے ہو کہ قیدی جیل سے فرار ہو جائے گا۔ اس کی خواب نگہداشت کرو۔ آہنی سلاخیں تنہائی کو تلخ بنانے کے لئے کافی ہیں اور جبکہ محافظ جیل کا وجود کافی ہے تو جلاد کی کوئی ضرورت نہیں۔ لیکن وہ جواب دیتے ہیں " سوسائٹی کو ضرور انتقام لینا چاہئے۔ سوسائٹی ضرور سزا دے۔"

انتقام ایک انفرادی فعل ہے سزا کا اختیار صرف خدا کو ہے۔ سوسائٹی کا راستہ انتقام اور سزا کے درمیان ہے۔ سزا اس دائرہ اقتدار سے باہر ہے۔ انتقام سوسائٹی کے شایان شان نہیں۔ سوسائٹی کو انتقام کے لئے سزا نہیں دینی چاہئے بلکہ اسے مجرموں کی اصلاح کرنی چاہئے۔

سب سے آخری دلیل " نظریہ عبرت ہے:۔ ا

" ہمیں نظریہ عبرت کے لئے مثالیں قائم کرنی چاہئیں۔ وہ سزائیں جو مجرموں کو دی جاتی ہیں، ان لوگوں کو خوفزدہ کرتی ہیں جن کے آغوش اذہان میں جرائم پرورش پاتے ہیں۔"

خوب! سب سے اول ہم نظریہ عبرت کے امکانات سے انکار کرتے ہیں۔ سربازار سزائے موت سے بیان کردہ تاثرات پیدا نہیں ہوتے بلکہ جمہور کے دماغوں پر ایسے ہولناک مناظر سے خطرناک اثرات پیدا ہوتے ہیں۔ ان کے احساسات اور حسیات قلب مجروح ہوتے ہیں۔ ان کے اخلاق پر بہت برا اثر پڑتا ہے۔ ہمارے پاس متعدد مثالیں موجود ہیں، جن سے ہم اپنے آرا کی تائید و حمایت کر سکتے ہیں۔ فی الحال ہم صرف ایک پر اکتفا کریں گے۔ آج سے ٹھیک دس روز قبل جب اُوئی کاس کو تختہ دار پر لٹکایا گیا تو ایک جم غفیر نے اس بے حس لاش کے گرداگرد مجنونامہ رقص سے اظہار انبساط کیا۔" نظریہ عبرت؟

اگر ان مثالوں کی موجودگی میں بھی تم نظریہ عبرت" کے قائل ہو تو گردش ایام کا رخ ماضی کی طرف پھیر کر ہمیں سولھویں صدی عیسوی میں لے چلو۔ حقیقت میں خوفناک بن جاؤ۔ ہمارے لئے تکالیف و مصائب کے دروازے کھول دو۔ ہر رہگذر پر تختہ

دار نصب کر دو۔ بدنی سزا کو عام کر دو۔ پیرس کے بازاروں میں اور دکانداروں کی طرح ایک دکان جلاد کی ہو۔ جہاں انسانی گوشت و پوست دیگر اجناس کی طرح فروخت ہو۔

فنا کو بادہ ہر جام کرنے اور سزائے موت کو اس طرح عام کرنے سے تم نظریہ عبرت کو زیادہ کامیاب بنا سکتے ہو۔

کیا تمہیں اس امر کا یقین ہے کہ جب تم شہر سے بہت دور ایک غیر آباد حصہ میں ایک انسان کو موت کے گھاٹ اتارتے ہو اس وقت تمہارے پیش نظر یہی نظریہ عبرت ہوتا ہے؟

دن کے وقت ایسا ہو سکتا ہے۔ لیکن علی الصبح تمہیں کسے سبق دینا مقصود ہے۔۔۔۔ کس کے لئے مثال قائم کی جاتی ہے۔ غالباً حجر و شجر کو خوفزدہ کیا جاتا ہے۔ کیا تم نہیں دیکھتے کہ مجرموں کو "سزائے موت" ۲ تخلیہ میں دی جاتی ہے کیا تم سزائے موت سے خائف ہو۔ یا ہجوم کی ذہنیت سے ہراساں؟

میزانِ عقل میں بڑے سے بڑے جرم کو تولو۔ تمہیں معلوم ہو جائے گا کہ سوسائٹی کو اس چیز سے محروم کر دینے کا کوئی حق حاصل نہیں جس کو وہ عطا نہیں کر سکتی۔

جس انسان کے لئے تم موت کی سزا تجویز کرتے ہو، اس کی معاشرتی زندگی کی مندرجہ ذیل صورتیں ہو سکتی ہیں:

اولاً وہ شخص افراد خاندان اور صحبت احباب سے محروم ہے۔ اس صورت میں وہ صحیح تعلیم و تربیت حاصل نہیں کر سکا۔ جب اس کے دل و دماغ کی اصلاح کے لئے کوئی سعی نہیں کی گئی، تب تمہیں اس معاشری یتیم کے قتل کرنے کا کیا حق ہے؟ تم اسے اس لئے قتل کرتے ہو کہ اس کا عہد طفولیت عدم نگہداشت کی نذر ہوا۔ تم اسے اپنے کئے کی

سزا دیتے ہو۔ تم اس بدبخت کو جرائم کا لباس پہناتے ہو۔

اس نے جہالت کی گود میں پرورش پائی، یہ اس کی تقدیر کا قصور ہے، وہ بالکل بے گناہ ہے۔۔۔ تم ایسے انسان کا خاتمہ کرتے ہو۔ جو بالکل معصوم تھا۔ تم معصومیت کو تختہ دار پر لٹکاتے ہو۔ ثانیاً وہ انسان جسے تم نے موت کی سزا دی وہ اہل و عیال رکھتا ہے۔ ایک خاندان کا فرد ہے۔ کیا اس صورت میں تم صرف ایک انسان کو زندگی سے محروم کرتے ہو؟ نہیں! تم اسے موت کی سزا دیتے وقت اس کے افراد خاندان کے آسمان امید پر ادبار کے سیاہ بادل پیدا کرتے ہو۔ اس صورت میں تم معصوموں کو سزا دیتے ہو۔ معصومیت پھر تمہاری نوحہ خوانی کرتی ہے۔

سزائے موت کو تم خواہ کسی رنگ میں جامہ پہناؤ۔ اس کا وار صرف معصومیت پر ہی ہو گا۔

ایسے مجرم کو حبس دوام کی سزا دو۔ کیونکہ تنگ و تاریک کوٹھری میں بھی وہ اپنے لواحقین کے لئے سامان زیست پیدا کر سکتا ہے۔ لیکن وہ مرقد کی گہرائیوں سے ان کی معاونت کیسے کر سکتا ہے؟

کیا تم اس وقت خوفزدہ نہیں ہوتے جب تم اس لڑکے اور لڑکیوں کا خیال کرتے ہو؟۔۔۔ ان بچوں کا خیال جن سے زندگی کا سہارا چھین لیا گیا ہے۔

کیا تم محسوس نہیں کرتے کہ آئندہ پندرہ برس میں بیٹا زندان میں ہو گا۔ اور بیٹی تعیش پسند امرا کی نفسانی خواہش کے بجھانے کا ذریعہ ہو گی؟

کیا تم نے کبھی اس کی روح کے متعلق غور کیا؟

کیا تم اس کی زمانی اور مکانی کیفیت سے آگاہ ہو؟

بعض منطق پرست حضرات کے نزدیک یہ ایک جذباتی اور ہنگامی دلیل ہو گی، کیونکہ وہ ذہنی براہین کے قائل ہوتے ہیں۔ میں دماغ کی نسبت دل کا زیادہ قائل ہوں، دلیل، احساس اور تجربہ ہماری حمایت پر ہیں۔

جن ممالک میں سزائے موت منسوخ ہو چکی ہے۔ وہاں واردات قتل ہر سال کم ہوتی جاتی ہے ں۔ اس وزنی دلیل کی اہمیت کا اندازہ لگاؤ؟

زمانہ خود بخود اس مسئلہ کو حل کر دے گا یہ گذشتہ صدی سے سزاؤں میں نرمی کا دخل ہو چکا ہے۔ خونی سزا قریباً منسوخ ہو چکی ہے۔ اس خلاف عقل سزا سے فرانس کو عنقریب نجات حاصل ہو گی۔

ازمنہ عتیق میں معاشری قعر تین ستونوں یعنی پروہت، بادشاہ اور جلاد پر استوار تھا۔

مدت ہوئی کہ ایوان انسانیت کے دریچوں سے یہ صدا آئی۔ "پروہت رخصت ہو چکے ہیں۔" زاں بعد ایک اور آواز آئی۔ "بادشاہ رخصت ہو گئے۔" اب تیسری آواز بلند ہونے کا وقت ہے۔ جو ببانگ دہل اعلان کر دے۔ "جلاد کو نکال دو۔"

وہ جنہیں پروہت کے رخصت ہونے کا غم ہے۔ ہم ان سے کہتے ہیں کہ خدا موجود ہے جو بادشاہ کے خاتمہ پر افسوس ظاہر کرتے ہیں، ہم ان سے کہتے ہیں کہ ہمارا ملک موجود ہے۔ وہ جنہیں جلاد کے رخصت ہونے کا رنج ہو گا، ان کے متعلق ہم کچھ نہیں کہہ سکتے۔۔۔۔۔۔۔

تختہ دار کی قطع و برید سے ہمارے معاشری نظام میں کوئی نمایاں فرق نہیں پڑے گا۔ معاشری نظام کا سنگ بنیاد تختہ دار نہیں ہو سکتا۔ تمدن ایک تغیر پذیر سلسلہ ہے۔ میں

تمہاری معاونت چاہتا ہوں۔ کس مسئلہ میں ؟۔۔۔ تبدیل قوانین میں، مسیح کے اخلاقی قوانین انسانوں پر پھر حکمران ہو گے۔ وقت آنے والا ہے جب ہم جرم کو مرض تصور کریں گے اور ججوں کی جگہ ان امراض کے رفع کرنے والے موجود ہوں گے۔ زندانوں کی جگہ شفاخانے ہوں گے۔۔۔ افق پر اخوت اور محبت کا آفتاب طلوع ہو گا۔۔۔!

وکٹر ہیو گو

۱۵ مارچ ۱۸۳۱ء

The theory of example ۱

The public execution ۲

فرحیہ متعلقہ المیہ

(A Comedy apropos of tragedy)

افراد

(۱)مادام دی بلنول

(۲)عسکری

(۳)ار گاسطے

(۴)مرثیہ گو

(۵)فلسفی

(۶)مرد فربہ

(۷)مرد لاغر

(۸)خاتون

(۹)خادم

ایک کمرہ

مرثیہ گوشاعر اپنا کلام سنارہا ہے:۔

دوسرے دن میدان میں نقش پائے یار نظر آیا

باوفا کتادریا کے کنارے سراپا انتظار تھا

واپسی پر حسینہ کی آنکھیں نم آلود تھیں

ازمنہ قدیم کی یادگار۔۔۔ قلعہ سے وہ کسی کو نمناک آنکھوں سے دیکھ رہی تھی۔

لیکن خوش الحان مطرب کی صدا

ہاں اسی آتش نفس مغنی کی صدا

صحرائی فضاؤں میں گم تھی۔۔۔

جملہ حاضرین۔۔۔ سبحان اللہ! کیسے بلند شعر ہیں۔

مادام دی بلنول۔۔۔ مقطع کے شعر میں ناقابل بیان اسرار ہے۔ جو آنکھوں میں بے اختیار آنسو لے آتا ہے۔

مرثیہ گو۔۔۔ اصل واقعہ ابھی پنہاں ہے۔

عسکری (وجدانی حالت میں) مطرب۔۔۔ اور صدا کیسے رومان انگیز ہیں۔ مرثیہ گو۔۔۔ لیکن رومان کی حد سے متجاوز نہیں۔

عسکری۔۔۔ میں ان رومان آفریں اشعار کو کبھی فراموش نہیں کرسکتا میں ان اشعار کی خاطر دنیا بھر کے رومان آفرین اشعار قربان کرنے کو تیار ہوں۔

عسکری۔۔۔ لیکن چٹیل فرانسیسی لفظ نہیں، ہم کیسنل لکھتے ہیں۔

یکے از حاضرین۔۔۔ دیکھیئے جناب ہم فرانسیسی میں چٹیل نہیں لکھتے بلکہ گاتھک

مرثیہ گو۔۔۔ گاتھک شعر ہیں مستعمل نہیں۔

یکے از حاضرین۔۔۔ آہ! معافی میں اختلاف ہے۔

مرثیہ گو۔۔۔ جناب میں ان لوگوں میں سے نہیں ہوں جو فرانسیسی زبان کو اشعار میں لاکر اس کی اصلی صورت کو مسخ کر دیتے ہیں۔ اور ہمیں روزرڈ اور بری بیوف کے زمانے میں لے جاتے ہیں۔ میں رومان پسند ہوں لیکن درجہ اعتدال تک۔ اسی طرح جذباتی شاعری میں بھی۔

میں لطیف اور اندوہ آگیں اشعار پسند کرتا ہوں۔ لیکن خونی اور سفاکانہ اشعار سے مجھے نفرت ہے۔ میں جانتا ہوں کہ دنیا میں ایسے احمق ہیں جو انہیں خیالات کی اشاعت سے۔۔۔ ٹھہریئے! کیا آپ نے وہ نیا ناول دیکھا ہے؟

خواتین۔۔۔ کون سی ناول؟

مرثیہ گو۔۔۔ سرگذشت۔۔۔

مرد فربہ بس! بس مجھے معلوم ہے کہ آپ کیا کہنے والے ہیں۔ اس کتاب کا سرورق ہی مجھے لرزہ براندام کر دیتا ہے۔

مادام دی بلنول۔۔۔ بعینہ یہی حال میرا ہے۔ بہت خطرناک کتاب ہے۔ وہ! میرے پاس اتفاقاً موجود ہے۔

خواتین۔۔۔ دکھایئے تو! دکھایئے تو!

(کتاب دست بدست ہر ایک کے پاس پہنچی ہے)

ان میں سے ایک خاتون۔۔۔ (کتاب کا نام پڑھتی ہے) سرگذشت۔۔۔

مرد فربہ۔۔۔۔مادام! خدا کے لئے!!

مادام دی بلنول۔۔۔۔اس میں کوئی شک نہیں کہ یہ کتاب خوفناک ہے۔ یہ پڑھنے والوں کو بیمار کر دیتی ہے۔ اور ان کے خوابوں میں ڈراؤنی صورت میں نمودار ہو کر ان پر نیند حرام کر دیتی ہے۔

ایک خاتون۔۔۔۔میں اسے ضرور پڑھوں گی۔

مرد فربہ۔۔۔۔ ہمیں اس بات کا اعتراف کرنا پڑتا ہے کہ تمدن دن بدن روبہ تنزل ہے میرا خدا! ایک مجرم جسے موت کی سزا مل چکی ہو' اس کے آخری لمحات کی کیفیت اور اس کی جسمانی تکالیف کا بیان کس قدر مہمل خیال ہے۔ کیا یہ خیال قابل نفرت نہیں؟ معزز خواتین! کیا آپ کو یقین ہے کہ مصنف نے "سزائے موت" پر بحیثیت ایک مصلح کے بحث کی ہے؟

عسکری۔۔۔۔یہ فی الحقیقت بیہودگی کی بہترین مثال ہے؟

مادام۔۔۔۔اس کا مصنف کون ہے؟

مرد فربہ۔۔۔۔ کتاب کی پہلی اشاعت میں سرورق پر مصنف کا نام موجود نہ تھا۔

مرثیہ گو۔۔۔۔ یہ وہی مصنف ہے جو اس سے قبل دو ناول اور بھی لکھ چکا ہے۔ میرے ذہن سے ان کے نام محو ہو چکے ہیں۔ ان میں سے ایک کتاب کا آغاز مارن سے ہوا اور انجام تختہ دار پر۔

کتاب کے ہر باب سے ایسا معلوم ہوتا تھا گویا ایک دیو بچہ کو نگلنے جا رہا ہے۔

مرد فربہ۔۔۔۔ کیا وہ کتاب آپ کی نظروں سے گذری ہے؟

مرثیہ گو۔۔۔۔ہاں جناب! واقعہ کا محل وقوع برفستان تھا!

مرد فربہ۔۔۔۔برفستان۔۔۔۔ کس قدر خوفناک ہے؟

مرثیہ گو۔۔۔ دوسری کتاب میں قصائد اور رزمیہ اشعار ہیں۔ ان کے علاوہ اور بہت کچھ ہے۔ کتاب میں ان دیووں کا ذکر ہے۔ جو انسانی گوشت پر زندہ رہتے ہیں۔

عسکری (مسکراتے ہوئے) اس کے اشعار وجد آفرین ہوں گے۔

مرثیہ گو۔۔۔ اس نے ایک تمثیل بھی لکھی ہے۔ وہ اسے تمثیل کہتا ہے جس میں یہ خوبصورت جملہ مندرج ہے:۔

کل پچیس جون ایک ہزار چھ سو ستاون عیسوی۔۔۔ یکے از حاضرین۔۔۔ واہ! واہ۔ کیا خوبصورت شعر ہے!

کل ۲۵ جون ۱۶۵۷ء۔۔۔

وہ مسکراتا ہے۔۔۔ سب ہنستے ہیں

عسکری۔۔۔ یہ موجودہ زمانے کی عجیب و غریب شاعری کا نمونہ ہے۔

مرد فربہ۔۔۔ شعر و شاعری سے اسے کیا نسبت۔۔۔ کیا نام ہے اس کا؟

مادام۔۔۔ ایک ناپاک انسان

مرد فربہ۔۔۔ قابل نفرت ہستی

ایک جوان خاتون۔۔۔ ایک صاحب جو اسے جانتے ہیں انہوں نے مجھ سے کہا

مرد فربہ۔۔۔ "تم انہیں جانتے ہو جو اسے جانتا ہے؟

جوان خاتون۔۔۔ جی ہاں! انہوں نے مجھ سے کہا کہ وہ ایک سادہ مزاج اور تنہائی پسند انسان ہے۔ جو اپنا بیشتر وقت اپنے بچوں کے ساتھ کھیلنے میں بسر کرتا ہے۔

مرثیہ گو۔۔۔ اور آغوش شب میں سیاہ ترین خیالات کی پرورش کرتا ہے۔ مجھے اتفاقیہ ایک شعر کا مطالعہ کا موقع ملا۔ جس میں اس نے انہی تنگ و تار خیالات کا اظہار کیا ہے۔

مرد فربہ۔۔۔۔ تم کہتی ہو کہ اس کے بچے ہیں ناممکن! خاتون۔۔۔۔ جب اس نے ایسی خوفناک کتاب لکھی ہو۔

یکے از حاضرین۔۔۔۔ آخر اس کتاب کا مقصد۔

مرثیہ گو۔۔۔۔ میں کیوں کر جانوں۔

فلسفی۔۔۔۔ کتاب کا مقصد تنسیخ سزائے موت ہے۔

مرد فربہ۔۔۔۔ میرے نزدیک اس کا مقصد دہشت آفرینی ہے۔

عسکری۔۔۔۔ چہ خوب! گویا جلاد سے مبارزت ہے۔

مرثیہ گو۔۔۔۔ اس کے نزدیک تختہ دار ہی تمام مصائب کا سرچشمہ ہے۔

مرد فربہ۔۔۔۔ ہرگز نہیں! تنسیخ سزائے موت کا مسئلہ پر صرف چند سطور میں بحث کی گئی ہے۔ کتاب کا باقی حصہ جذباتی ہے۔

فلسفی۔۔۔۔ اس موضوع پر کتاب لکھتے وقت دلائل اور براہین پیش نظر ہونے چاہئیں۔ منطق کے دامن کو ہاتھ سے کبھی نہ کھونا چاہئے۔ میں نے کتاب کا مطالعہ کیا۔ فلسفیانہ نقطہ نگاہ سے کتاب مہمل اور ناقص ہے۔ تمثیل یا ناول کے دائرہ سے سزائے موت کی بحث خارج ہے۔

مرثیہ گو پلندہ خرافات! کیا یہ فن کاری ہے؟ میں نہیں جانتا کہ مجرم کون ہے۔ اس نے کیا کیا۔۔۔۔ میری طرح اور بھی تو کوئی نہیں جانتا۔ شاید وہ بدمعاش ہو۔ کسی انسان کو یہ حق حاصل نہیں کہ وہ میرے لئے اس چیز میں مذاق پیدا کرے۔ جس کا مجھے علم ہی نہیں۔

مرد فربہ۔۔۔۔ مصنف کو یہ بھی اختیار نہیں کہ وہ مجرم کی جسمانی تکالیف سے ہمیں خوفزدہ کرے۔ میں کسی المناک حادثہ یا کسی شخص کو اپنے ہاتھوں سے اپنی جان تلف

کرتے ہوئے دیکھ کر متاثر نہیں ہوتا۔ جتنا ایک کتاب پڑھنے سے ---۔ ایک ناول کا مطالعہ تمھیں لرزا بر اندام کر سکتا ہے۔ رات کی نیند تم پر حرام کر سکتا ہے۔ اس کتاب کے مطالعہ کے بعد میں دو روز تک صاحب فراش رہا۔

فلسفی ---۔ فی الحقیقت یہ ایک لغو اور بیہودہ کتاب ہے۔

مرثیہ گو ---۔ (طنزاً) کتاب! کتاب!

فلسفی ---۔ جیسا کہ آپ نے پہلے ارشاد فرمایا۔ یہ کتاب کسی اصلیت پر مبنی نہیں۔ میں خشک مضامین کا دلدادہ ہوں۔ لیکن اس کتاب کا کوئی کردار بھی میری طبع کے موافق نہیں۔ طرز تحریر بھی ناقص ہے۔

کیا آپ میرے ساتھ متفق ہیں۔

مرثیہ گو ---۔ بے شک! بے شک! ---۔ فلسفی ---۔ مجرم کا کردار دلچسپی سے خالی ہے۔

مرثیہ گو ---۔ وہ دلچسپ ہو بھی کیسے سکتا ہے؟ اس کا دامن گونا گوں جرائم سے رنگین ہے۔ میں اسے مختلف صورت میں پیش کرتا۔ میں اپنے "مجرم" کی سرگذشت کو یوں بیان کرتا:

اعلیٰ خاندان کا چشم و چراغ ---۔ اعلیٰ تعلیم ---۔ محبت ---۔ رقابت ---۔ ناکردہ گناہ ---۔ تاسف ---۔ چونکہ انسانی قوانین پیچیدہ ہیں۔ اس لئے اسے موت کی سزا دی جاتی۔ تب اور تب میں سزائے موت کے مسئلہ پر بحث کرتا۔

مادام ---۔ واہ! واہ!

فلسفی ---۔ معاف کیجئے۔ آپ کے خیال کے مطابق بھی کتاب بے معنی ہے۔ اک خاص حادثہ سب کو یکساں متاثر نہیں کر سکتا۔

مرثیہ گو۔۔۔۔ بہت خوب! بہتر تھا کہ کتاب میں کسی ہیرو کا تذکرہ ہوتا۔ مثلاً مالش اربی۔۔۔ متقی مالش اربی کے آخری لمحات۔ تب مصنف ہمارے سامنے ایک اچھا واقعہ پیش کرنے میں کامیاب ہو سکتا۔

میں شور مچاتا۔ چیخ و پکار کرتا۔۔۔ مالش اربی کے ساتھ خود بھی تختہ دار پر لٹکنے کے لئے تیار ہو جاتا۔

فلسفی۔۔۔ میں ہرگز تیار نہ ہوتا۔

عسکری۔۔۔ میں بھی ہرگز نہ ہوتا۔۔۔ آپ کا مالش اربی ایک انقلابی تھا۔

فلسفی۔۔۔ مالش اربی کی موت "سزائے موت" کے خلاف کوئی دلیل بہم نہیں پہنچاتی ہے۔

مرد فربہ۔۔۔ سزائے موت! ہم خلجان میں کیوں مبتلا ہوں۔ آپ کا اس نے کیا بگاڑا ہے۔ اس کتاب کا مصنف غیر تربیت یافتہ معلوم ہوتا ہے۔

مادام۔۔۔ یقیناً وہ سنگ دل ہو گا۔

مرد فربہ۔۔۔ وہ ہمیں مجبور کرتا ہے کہ ہم زندان اور تختہ دار کے مناظر اپنے آنکھوں سے دیکھیں۔ یہ ہماری طبیعتوں کے ناموافق ہے۔ ہم جانتے ہیں یہ مقام نہایت غلیظ ہیں۔ لیکن سوسائٹی کو ان سے کیا تعلق ہے؟

مادام۔۔۔ مقننین طفلان مکتب نہیں۔

فلسفی۔۔۔ واقعات کو صحیح رنگ میں پیش کرتے ہوئے۔۔۔

مرد لاغر۔۔۔ جہاں تک صداقت کا تعلق ہے۔ اس میں ذرہ بھر نہیں۔ ایک شاعر کو حقیقی واقعات سے کیا تعلق ہے۔ کتاب کا مصنف یقیناً سرکاری وکیل ہو گا۔ میں نے ایک اخبار میں وہ تبصرہ دیکھا۔ جو اس کتاب پر لکھا گیا۔ مبصر رقم طراز ہے کہ مجرم سر

کٹاتے وقت ایک لفظ بھی زبان پر نہ لایا۔ بہت خوب! لیکن میں نے ایک مجرم دیکھا۔ جو قتل گاہ میں شور مچارہا تھا۔

فلسفی۔۔۔۔مجھے اجازت دیجئے کہ میں بھی کچھ کہوں۔

مرد لاغر۔۔۔۔ ٹھہریئے! حضرات!! تختہ دار، اور زندان دونوں کور ذوقی اور بد مذاقی کی دلیل ہیں۔ کتاب کے پڑھنے سے معلوم ہوتا ہے کہ مصنف ہمارے مذاق کو خراب اور ہمارے قلب کو صحیح احساسات سے عاری کرنا چاہتا ہے۔ یہ وہ لوگ ہیں جو اپنے تئیں ادیب سمجھتے ہیں۔

میں فرانس کے ادارہ علمیہ کا رکن بننے کے لئے تیار ہوں۔ میرے ساتھ ارگاسطے بھی تیار ہے۔ کیوں ارگاسطے! سرگذشت اسیر کے متعلق تمہارا کیا خیال ہے۔

ارگاسطے۔۔۔۔ مجھے اپنی عزت کی قسم! میں اسے ہرگز پڑھنے کے لئے تیار نہیں۔ لوگوں کا خیال ہے کہ اس کتاب کے بعض ابواب کلیسا اور ریاست کے خلاف ہیں۔ اگر میں شاہی وکیل ہوتا تو۔۔۔۔

عسکری۔۔۔۔ خوب! شاہی وکیل! کیوں جناب پروانہ آزادی کے متعلق کیا فرماتے ہیں آپ۔ اور کیا خیال ہے آپ کا آزادی مطبع کے بارے میں۔

اس زمانہ میں ایک شاعر تنسیخ موت پر ایک کتاب لکھتا ہے جس کی ہم سب مخالفت کرتے ہیں۔ آہ! قدیم شخصی حکومت میں ایسی کتاب کیونکر شائع ہو سکتی تسخیر بی سٹائیل کے بعد ہم اس قسم کی کتب لکھ سکتے ہیں۔ کتابیں بہت خوفناک نقصان پہنچاتی ہیں۔

مرد فربہ۔۔۔۔ خوفناک! ہم خاموش تھے۔ کسی مسئلہ پر غور نہیں کر رہے تھے۔ یہ سچ ہے کہ فرانس میں گاہے بگاہے ایک آدھ سر تن سے جدا کر دیتے ہیں۔ لیکن یہ سب کچھ بغیر کسی شور و غوغا کے ہوتا ہے۔ کوئی شخص بھی اس مسئلہ پر غور نہیں کرتا۔ اس

کتاب کی اشاعت سے قبل ہم نے ان معاملات پر کبھی غور و فکر نہیں کی۔ لیکن اس کتاب نے ہمارے لئے درد سر پیدا کر دیا ہے۔

مرد لاغر۔۔۔ اس کتاب کے پڑھنے کے بعد جیوری کے اراکین کی کیا حالت ہو تی ہو گی۔

ارگاسطے۔۔۔ یہ ان کے ضمیر کو تکلیف دے گی۔

مادام۔۔۔ آہ! کتابیں! کتابیں!! ناول کا کس نے ذکر کیا تھا۔

مرشیہ گو۔۔۔ بعض کتابیں ہمارے معاشری نظام کو درہم برہم کر دیتی ہیں۔

مرد لاغر۔۔۔ جس کو پڑھ کر رومان پسند بغیر سوچے سمجھے انقلاب پیدا کرنا چاہتے ہیں۔

مرشیہ گو۔۔۔ ان رومان پسندوں پر غور کیجئے۔

مرد لاغر۔۔۔ کور ذوقی۔۔۔ کور ذوقی

ارگاسطے۔۔۔ بالکل صحیح!

فلسفی۔۔۔ اس کتاب میں غیر ممکن الامر واقعات کا تذکرہ ہے۔

ارگاسطے۔۔۔ قابل نفرت۔۔۔ قابل حقارت کتاب

مادام!۔۔۔ اسے نذر آتش مت کیجئے۔ یہ مستعار لی گئی ہے۔

عسکری۔۔۔ ان قصوں کو چھوڑیئے۔ عادت و رسوم سب خراب ہو چکے ہیں

مادام!۔۔۔ آپ کو ہمارے وقتوں کی یاد باقی ہے کیا؟

عاشق مزاج! ہم عیش پرست تھے۔ ہمارا کام شعر و شراب سے تھا۔ ایم دی لاہا آپ سے بہترین ترانہ کس کا ہو سکتا ہے۔ جو اس نے ایک ناچ سے متاثر ہو کر لکھا۔۔۔

مرد فربہ۔۔۔ آہ! مسرت بخش ایام!! اب عادات تبدیل ہو چکی ہیں۔ کتابیں ملتی

ہیں تو اس قسم کی۔ بو لیو کیا خوب لکھتا ہے۔

"آرٹ کے انحطاط کے ساتھ تہذیب و تمدن کا بھی خاتمہ ہو جاتا ہے۔"

فلسفی۔۔۔۔ کیا یہاں جام صحت پیا جا سکتا ہے؟

شاعر۔۔۔۔ہاں! آہستہ۔ آہستہ۔

مرد لاغر۔۔۔۔ وہ سزائے موت کی تنسیخ کے خواہاں ہیں۔ اور اسی امر کے لئے "سرگذشت اسیر "ایسی خوفناک کتاب لکھ کر اپنی کور ذوقی کی مثال پیش کرتے ہیں۔

مرد فربہ۔۔۔۔ میرے اچھے دوست! ہم اس خوفناک کتاب کے متعلق مزید گفتگو کے لئے تیار نہیں۔۔۔۔ خیر! وہ تو بتایئے کہ اس آدمی کا کیا حشر ہوا جس کی درخواست ہم نے تین ہفتے پیشتر رد کی تھی۔

مرد لاغر۔۔۔۔ صبر کیجئے! میں ابھی جاتا ہوں اور واپسی پر اپنے افسر کو لکھوں گا۔۔۔۔

"خادم داخل ہوتا ہے"

"کھانا حاضر ہے"

زندان سزائے موت

زندان کی چار دیواری میں متواتر پانچ ہفتوں سے یہی ہولناک حقیقت میرے لئے سوہان روح رہی ہے۔ اسی وحشت ناک خبر نے مجھ تنہا بے یارو مدد گار کو دبا رکھا ہے۔

کبھی وہ بھی دن تھا۔ جب کہ میں بھی آپ ہی کی طرح تھا۔ میرا دل جس میں ہر طرح کے ولولے کوٹ کوٹ کر بھرے ہوئے تھے۔ مناظر فطرت کا متلاشی تھا۔ جب کہ ہر ساعت میرے لئے مژدہ لاتی اور ننھی ننھی دوشیز گان کی یاد میرے دل میں چٹکیاں لیتی۔ جبکہ میں ان حسن کی دیویوں کے ساتھ چھٹکی ہوئی چاندنی میں شاہ بلوط کے گھنے درختوں کی اوٹ میں گلگشت کرتا۔۔۔ جبکہ میں آزاد تھا۔

مگر اب قید و بند میں ہوں۔ آہنی زنجیروں سے جکڑا ہوا تنگ و تار کوٹھڑی، میں بے بال و پر پرند کی طرح اسیر کیا گیا ہوں۔ یہ تو ہے جسمانی قید۔ مگر خیالات بھی اسی طرح مقید ہیں۔ صرف ایک۔۔۔ اور صرف ایک خیال۔۔۔ ہیبت ناک، مہیب اور نا قابل برداشت خیال مجھ پر پوری طرح مسلط ہے جس کی خوفناک یاد ایک گھڑی یا پل کے لئے بھی میرے دل سے محو نہیں ہوتی، جس کی صحت کا مجھے کامل یقین ہے یعنی سزائے موت۔۔۔ آہ! اس کا نام لیتے ہی میری رگوں میں خون منجمد ہو جاتا ہے۔

میں ہزار اپنا دل بہلاؤں۔ اس کے بہلانے کے لئے اپنی آنکھیں بند کر لوں۔ مگر اس خیال۔۔۔ اس حقیقت نفس الامری کے دو برف ایسے ہاتھ مجھ پر اسی وحشت ناک حالت میں لے آتے ہیں۔ یہ میرے پیچھے کسی بد روح یا بھوت کی طرح پڑا ہوا ہے۔ اگر

خوش قسمتی سے کسی دن آنکھ لگ جاتی ہے تو یہ کمبخت ڈراؤنی اور خون سرد کر دینے والے خوابوں میں خنجر کی صورت میں نمودار ہوتا ہے۔

میں ابھی ابھی ایک وحشت خیز خواب دیکھ کر بیدار ہوا ہوں۔ میں نے اپنے دل کو ڈھارس دیتے ہوئے کہا: حوصلہ رکھو! یہ تو محض خواب تھا۔

لیکن میری خواب آلودہ آنکھوں کے سامنے خوفناک حقیقت میرا منہ چڑا رہی ہے مجھے اپنی قسمت کا فیصلہ آنکھوں کے سامنے نظر آ رہا ہے۔ قید خانے کی زرد اور مرطوب دیواریں۔ اندھی سی لال ٹین کی مدھم شعاعیں ۔۔۔ لوہے کے بھاری بھر کم دروازے ۔۔۔ جیل کے سنتری کی خوفناک صورت ۔۔۔ میرے کپڑوں کی ہیئت کذائی۔ کیا اس گھناؤنی حقیقت کی پر زور تائید نہیں کر رہی ہے۔

مجھے ایسا معلوم ہوتا ہے کہ کوئی آواز میرے کانوں میں گونج رہی ہے۔ جو مجھے سزائے موت ایسا لرزہ خیز پیغام دے رہی ہے

(۲)

اگست قریب الاختتام تھا۔ موسم سہانا اور خوشگوار

میرا مقدمہ تین یوم تک عدالت میں پیش ہوتا رہا ہر روز کمرہ عدالت تماشائیوں سے کھچا کھچ بھرا ہوتا تھا۔ جیسے کسی کی مرگ پر لوگ ماتم پرسی کرنے آئے ہوں۔ ان تین ایام میں۔ منصف، وکیل، گواہ اور افسر ہر روز میری مصیبت زدہ آنکھوں کے سامنے گذرے۔ میری دھندلی اور نحیف آنکھیں اس نظارہ کی تاب نہ لا سکیں۔ خوف وہراس کے مارے میں نے دو مکمل راتیں آنکھوں میں کاٹیں۔ مگر آخر انسان تھا۔ تین دن کی متواتر ذہنی کوفت اور ماندگی نے مجھے مردہ سا کر دیا تھا۔ لہٰذا نیند نے اس نیند نے جو مجھے

ہفتوں سے نصیب نہ ہوئی تھی سلا دیا۔

میں ابھی اس غفلت کی نیند سے بیدار نہ ہوا تھا کہ سپرنٹنڈنٹ جیل نے مجھے بلا بھیجا۔ خفیف سی خفیف آہٹ آج سے پہلے مجھے گہرے خیالات سے چوکنا کر دیتی تھی۔ مگر آج محافظ کے لوہے کے بوٹ کی بھاری آواز۔۔۔ آہنی کنجیوں کی لرزہ خیز جھنجنا ہٹ۔ بھاری بھرکم دروازے کی خوفناک رگڑ مجھے اس بے ہوشی سے خبر دار نہ کر سکی۔ اچانک میں نے اپنے کندھوں پر کوئی سخت سا ہاتھ محسوس کیا۔ اور کانوں میں کسی شخص کو درشت لہجہ میں یہ پکارتے ہوئے سنا:۔

"اٹھو! تمہیں بلایا ہے انہوں نے۔"

میں نے اپنی آنکھیں کھولیں اور تنکوں کے بستر ے پر اٹھ کر بیٹھ گیا۔ جیل کے محافظ کی ڈراؤنی شکل میرے سامنے تھی۔

سامنے والی کھڑکی سے میں نے باہر دھندلی سی روشنی دیکھی۔ دن چڑھ گیا تھا۔ اور یہ روشنی سورج کی تھی۔ آہ مجھے پھر ایک دفعہ دن کی روشنی دیکھنے کی کتنی تمنا ہے!!

"موسم خوب سہانا ہے"۔ میں نے محافظ سے کہا۔

اس نے کوئی جواب نہ دیا۔ بلکہ خاموش رہا۔ شاید اس لئے کہ وہ مجھ بدبخت کی خاطر اپنی زبان سے لفظ نکالنا اس کو بے فائدہ ضائع کرنا سمجھتا تھا۔ لیکن تھوڑے عرصہ کے بعد ایسے کہ جیسے اس کے ضمیر نے ملامت کی ہو۔ وہ بولا:۔

"بہت خوشگوار ہے۔"

میں بے حس و حرکت سورج کی ان مدھم شعاعوں کی طرف حریصانہ نظروں سے دیکھ رہا تھا جو میرے قفس کی چھت پر آزادانہ کھیل رہی تھیں۔

"کیا پیارا دن ہے۔" میں نے پھر محافظ سے کہا۔

"درست ہے، مگر وہ تمہیں بلا رہے ہیں۔"

ان الفاظ نے مجھے میری اصلی حالت سے خبردار کر کے خوف وہراس کے اسی تنگ و تاریک اور عمیق گڑھے میں پھینک دیا۔۔۔ تب میں نے اپنے دماغ میں عدالت کی کرسیوں پر ججوں کو شاہانہ لباس پہنے ہوئے دیکھا۔ وہ میری طرف گھور رہے تھے۔ یہ جیوری کے ارکان تھے جن کے ہاتھوں میں میری قسمت کا فیصلہ تھا۔ جب میں سو رہا تھا، وہ میری قسمت کا فیصلہ مرتب کرنے میں مصروف تھے۔

میں اٹھا۔ مگر میری ٹانگیں جواب دے رہی تھیں۔ جسم کا ہر عضو ارتعاش پذیر تھا۔ گرتے گرتے بچا۔ مگر قہر درویش بر جان درویش۔ محافظ جیل کے ساتھ ہولیا۔ دروازے کے باہر دو اور سپاہی کھڑے تھے۔ ان سب کی معیت میں عدالت کی طرف روانہ ہوا۔ آسمان نکھرا ہوا تھا۔ سورج کی شعاعیں بلند دود کشوں سے چھن چھن کر مختلف سمتوں پر پڑ کر اس منظر میں عجیب دلفریبی پیدا کر رہی تھیں۔۔۔ خوب پیارا دن تھا۔

ہم کمرہ عدالت میں داخل ہوئے۔ میری آمد پر ہال عجیب و غریب آوازوں سے گونج اٹھا۔ تمام لوگوں کی توجہ کا مرکز صرف میں ہی بدنصیب تھا۔ ہر طرف سے میری جانب انگلیاں اٹھ رہی تھیں۔ یہ نظارہ میرے دل و دماغ پر نشتر کا کام دے رہا تھا۔

میں اپنی جگہ پر بیٹھ گیا تو ہال پر پوری خاموشی چھا گئی۔ یہ دیکھ کر میرے دل کو بھی قدرے تسکین ہوئی۔ اس وقت تک میں نے یہ بھی سوچا کہ میں یہاں اپنی قسمت کا فیصلہ سننے آیا ہوں۔۔۔ اگر خیال آیا بھی تو میں اس سے خوفزدہ نہ ہوا۔ کھڑکیاں کھلی تھیں۔ تازہ ہوا آزادانہ ہال میں پھر رہی تھی۔ ساتھ کے بازار سے لوگوں کے چلنے پھرنے کی آواز۔۔۔ خوشی کے قہقہے اچھی طرح سے سنے جاتے تھے۔ سامنے جیوری کے اراکین بیٹھے تھے، مگر ان کے بشرے سے تو ایسا معلوم نہ ہوتا تھا کہ وہ کسی کی موت کا فیصلہ سنانے

والے ہیں۔

جبکہ میرے ارد گرد ایسا تسلی بخش ماحول تھا تو پھر میں کسی ہولناک خیال سے کیوں ڈرتا۔ اگر میرے دل میں اس وقت کوئی خواہش تھی تو صرف ایک۔۔۔۔ آزادی کی۔

امید کی آخری کرن اب میرے دل میں نمودار ہو چکی تھی۔ اور میں اپنے فیصلہ کا ایک ایک لفظ سننے کے لئے تیار تھا۔ اب مجھ میں ایک مقابلہ کی طاقت بدرجہ اتم موجود تھی۔

اسی اثنا میں میرا وکیل جس کی غیر حاضری سے ابھی تک کارروائی رکی ہوئی تھی نمودار ہوا۔ اور میرے قریب کی ایک کرسی پر بیٹھ کر وہ میری طرف جھکا۔ اور مسکراتے ہوئے کہنے لگا:۔ "کچھ فکر نہ کرو مجھے امید ہے کہ خدا بہتر کرے گا۔"

میں نے بھی اسے اسی انداز میں جواب دیا۔ "یقیناً"

"مجھے ابھی تک ان کے فیصلہ کے متعلق کچھ علم نہیں، تاہم میں یہ وثوق سے کہہ سکتا ہوں کہ سزائے موت نہیں دیں گے۔ اب صرف حبس دوام کی بات ہے۔"

"آپ کا کیا مطلب جناب؟ میں تو موت کو ایسی ذلیل زندگی پر ترجیح دوں گا۔" میں نے وکیل سے طیش میں آکر کہا۔

موت! ہاں موت! مجھے یہ کہنے میں کوئی خوف محسوس نہیں ہوتا۔ سزائے موت تو آدھی رات کے وقت خوفناک ہال میں جس میں کہ گندی شمعیں جل رہی ہوں اور موسلا دھار بارش ہو رہی ہو۔ سنائی جا سکتی ہے۔ مگر اس خوبصورت ہال میں 'اگست کے پر کیف مہینے میں۔ آج ایسے خوشگوار اور سہانے دن۔۔۔۔ اور ایسی شریف جیوری کے ہوتے ہوئے کیا سزائے موت سنائی جائے گی؟ نہیں! ہر گز نہیں۔ یہ خیال کرتے وقت میری آنکھیں سورج کی منور صورت دیکھنے کو ترس رہی تھیں۔

اتنے میں ریڈر نے کھڑے ہو کر میرا فیصلہ جو کہ جیوری نے میرے سوتے وقت مرتب کیا تھا، سنانا شروع کیا۔ میرے تمام جسم میں خوف و ہراس کی سرد لہر دوڑ گئی۔ میں نے دیوار کا سہارا لے لیا تاکہ زمین پر نہ گر پڑوں، کیونکہ اب میری طاقت جواب دے چکی تھی۔

"کیا آپ کو اس بارے میں کچھ کہنا ہے کہ کیوں نہ یہ سزا ملزم کو دی جائے۔ صاحب صدر نے میرے وکیل سے دریافت کیا۔

مجھے بہت کچھ کہنا تھا۔ مگر۔ مگر زبان تالو سے چمٹ گئی۔ میں ایک حرف بھی زبان سے نہ نکال سکا۔

میرا وکیل کچھ کہنے کے لئے اٹھا۔ غالباً وہ میری سزائے موت کو عمر قید میں تبدیل کرانے کی ناکام سعی کر رہا تھا۔ میں چاہتا تھا کہ اس کو روک دوں اور بھری عدالت میں پکار کر کہہ دوں "مجھے ہزار بار موت پسند ہے۔ میں عمر قید کے لئے جبہ سائی کرنا نہیں چاہتا۔" مگر یہ الفاظ میری زبان پر آکر رہ گئے۔ میں اپنے وکیل کا بازو پکڑ کر نحیف آواز میں صرف اتنا کہہ سکا" جانے دیجئے۔"

جیوری نے میرے وکیل کی سفارش پر کوئی کان نہ دھرا۔ بلکہ دوسرے کمرے میں تھوڑی دیر ٹھہر کر پھر واپس آئے اور میری موت کا فتوی سنا دیا۔

"سزائے موت"! ہجوم نے چلا کر کہا۔

میں نیم بے ہوشی کی حالت میں ہجوم سے نکل کر باہر آیا۔ میرے اندر ہنگامہ سا برپا ہو گیا تھا سزائے موت کا حکم سنائے جانے سے پیشتر میں اوروں کی طرح ہوش و حواس میں تھا۔ مگر مجھے ایسا معلوم ہوتا تھا کہ مجھ میں اور دنیا میں اب ایک وسیع خلیج حائل ہے۔

وہی دھلا ہو آسمان، وہی اونچے اونچے دود کش، وہی خوبصورت روشنی جو اس سے

چند ساعت پیشتر میرے لئے موجب فرحت تھی، اب باعث اذیت ہے۔ وہی دل خوش کن سماں بھیانک، زرد اور خوفناک۔۔۔

جو آدمی میرے پاس سے گذر رہے تھے۔ غول بیاباں معلوم ہوتے تھے۔۔۔ سیڑھیوں کے نیچے قید خانہ کی مہیب اور ڈراؤنی گاڑی میرا انتظار کر رہی تھی۔ دو، نو عمر لڑکیاں میری طرف غور سے دیکھ رہی تھیں۔ ان میں سے ایک نے خوشی سے تالی بجاتے ہوئے کہا" باجی! اس آدمی کو چھ ہفتہ کے بعد پھانسی دی جائے گی۔ ہم بھی دیکھیں گے۔ خوب تماشہ ہو گا۔

(۳)

سزائے موت!! کیا ہوا؟ کیا دنیا فانی نہیں؟ کیا ہر شخص کے لئے موت یقینی امر نہیں ؟تو پھر خوفزدہ ہونا کیا معنی؟

میری موت کا حکم سنانے سے اب تک کیا ان اشخاص کی اموات نہیں ہو چکیں جو زندگی کو عزیز جانتے تھے؟

کیا نوجوان، تندرست اور آزاد انسان نہیں مر چکے جو میرا سر قلم ہوتے ہوئے دیکھنا چاہتے تھے؟

کیا اور شخص موت کے شکار نہ ہوں گے، جو کہ اب تازہ ہوا میں آزادانہ چلتے پھرتے ہیں؟

تو پھر زندہ رہنے سے مجھے کیا مل جائے گا جو میں اپنی موت پر اظہار افسوس کروں۔ اگر زندہ رہوں تو سوائے اس کے کہ محافظ کا ہر روز منحوس چہرہ دیکھوں۔ ریت ملی ہوئی

روٹی کو پانی ایسے شوربے سے زہر مار کروں۔ جیل کے افسروں سے دھتکارا جاؤں۔ کسی ایسے شخص سے نہ مل سکوں جس کے دل میں مجھ بدبخت کا تھوڑا سا درد بھی ہو تاکہ کہیں اس سے میں اپنا دکھ نہ بٹالوں اور کیا ہو سکتا ہے؟

ایسی زندگی سے۔۔۔ ذلیل اور ناپاک زندگی سے موت ہزار درجہ بہتر ہے۔ آہ!! یہ زندگی ناقابل برداشت اور ہولناک ہے۔

(۴)

قید خانے کی سیاہ ماتمی اور منحوس گاڑی مجھے اس زندان میں لے آئی جس میں کہ اب اپنی زندگی کے قلیل ایام بسر کر رہا ہوں۔

دور سے اگر دیکھو تو یہ ایک عالی شان اور شاہی عمارت معلوم ہوتی ہے۔ لیکن جوں جوں آپ نزدیک آتے جائیں گے آپ کو افسوس ناک حقیقت معلوم ہوتی جائے گی اور شاہی عمارت ایک بد نما کھنڈر میں تبدیل ہو جائے گی جس کی کھڑکیوں میں شیشے کے بجائے آپ کو لوہے کی موٹی موٹی سلاخیں جڑی ہوئی نظر آئیں گی۔ جن کے پیچھے آپ کو مجرموں کے بھیانک اور مردار چہرے نظر آئیں گے۔

یہ زندگی ہے۔۔۔ زندگی۔۔۔ جو موت کا بھیس بدل کر پھر رہی ہے۔

(۵)

اس جیل میں منتقل ہوتے ہی مجھ پر بہت سی پابندیاں عاید کر دی گئیں۔ کھانے کے

ساتھ چھری اور کانٹے آنے بند ہو گئے۔ پہلا لباس اتروا کر چھوٹی قمیص پہنے کے لئے دی گئی۔ صرف اسی خیال سے کہ میں خود کشی نہ کر لو۔ جیل کے محافظ اب میری زندگی کے ذمہ دار ہیں۔ کیونکہ میرا سر قلم کرنے کے لئے میری صحت اور زندگی لازمی ہے۔

پہلے دو تین دنوں میں انہوں نے ہر طرح میرے آرام و آسائش کا خیال کیا۔ میرے ساتھ تہذیب یافتہ شخص ایسا سلوک کرتے۔ مگر مجھے یہ ظاہر داریاں بہت بری معلوم ہو رہی تھیں۔ میں خوب جانتا تھا کہ یہ سب کچھ میرے سر کو کٹتے وقت تک محفوظ رکھنے کی خاطر کیا جا رہا ہے ورنہ پھانسی کی کوٹھڑی کا محافظ دوسرے معنوں میں جلاد اور ایسی نرمیاں؟

خوش قسمتی سے ان دنوں میں ایسی چاپلوسی سے مانوس ہو گیا ہوں۔ اور جیل کے پا دری نے مجھے ہفتہ میں ایک بار دوسرے قیدیوں کی معیت میں باہر جانے کی اجازت بھی دے دی ہے۔ لکھنے کا متعلقہ سامان بھی بڑی سوچ بچار کے بعد اب مہیا کر دیا گیا تھا۔ ہر اتوار کو میں دوسرے قیدیوں کے ساتھ جیل کے صحن میں ٹہلتا ہوں۔

وہ بدبخت بہت اچھے آدمی ہیں مجھے اپنی اپنی کہانیاں سناتے ہیں۔ مگر ان کی سر گذشت میرے لئے بھلا کیا دلچسپی رکھ سکتی ہے۔ میرے لئے جس کی موت تھوڑے عرصہ بعد واقع ہونی ہو۔ میرے لئے جس کے سر کو تھوڑے دنوں بعد دوسروں کو کھلونا بننا ہو۔

وہ گاتے ہیں۔ راگ الاپتے ہیں۔ راگ! غلیظ راگ۔ جس کو سن کر میری ایسی حالت ہوتی ہے جیسے کوئی گرد و غبار سے اٹا ہوا قالین میری ناک کے قریب جھاڑ رہا ہو۔ لیکن با ایں ہمہ وہ مجھے رحم کی نگاہوں سے دیکھتے ہیں۔

مجھے محافظ اور وارڈر سے بغض و عناد نہیں۔ لیکن پھر بھی وہ میری طرف آنکھیں

پھاڑ پھاڑ کر دیکھتے ہیں۔ ہنستے ہیں۔ گویا میں ان کے لئے نئی چیز ہوں۔ چڑیا گھر کا عجیب و غریب جانور۔

(٦)

جب تحریر کے تمام ذرائع مجھے میسر ہیں۔ تو کیا وجہ ہے کہ میں اپنے افکار و حوادث کو صفحہ قرطاس پر نہ لاؤں۔ لیکن مجھے کس موضوع پر قلم اٹھانا چاہیئے ؟

جبکہ جیل کی چار دیواری کے اندر مقید میری حد نظر دیوار سے اس پار نہیں جاسکتی۔ میری نگاہیں نیلگوں آسمان کا تماشا نہیں کر سکتیں میرے ذہن میں ہمیشہ اور ہر وقت ایک ہی خیال موجزن ہے۔ موت کا خیال۔ جب صورت حال یہ ہے تو مجھے کیا لکھنا چاہیئے۔ مجھے اس دنیا سے کوئی سروکار نہیں۔ میں اذیت رساں ذہن اور احساسات کو صفحہ قرطاس پر کیوں کر لاسکوں گا؟

کیوں نہیں؟ اگر میرا ماحول پر سکوں اور خاموش ہے۔ تو کیا؟

میرے دل میں درد ہے، میرے ذہن میں ہیجان ہے، میری روح بیتاب ہے میں جیتی جاگتی المناک داستان ہوں۔ کیا یہی ایک خیال مجھے میری داستان حیات بیان کرنے میں محرک نہیں ہو سکتا۔ یہ خیال تو مقررہ وقت کو قریب سے قریب تر آتے دیکھ کر مزید تقویت پکڑتا ہے۔

یقیناً تمام سامان مہیا ہے۔ میری زندگی مختصر سہی۔ تاہم وہ ایک انسان کی پُر از حسرت داستان کو پایہ تکمیل تک پہنچانے کے لئے ناکافی نہیں۔ مصائب و نوائب میں صرف اسی صورت میں نمایاں کمی واقع ہو سکتی ہے کہ میں اپنے زخم پنہاں کو ہویدا کروں۔

میں اپنی ذہنی ہیجان کی تصویر کو انسانیت کے سامنے پیش کروں شاید ایسا کرنے سے میری تکالیف کی رفتار ست ہو جائے۔ مجھے یقین ہے کہ میں جو کچھ لکھوں گا وہ بے سود نہ ہو گا۔ میں اپنی مشکلات کی تکلیف وہ داستان اپنی زندگی کے آخری لمحہ تک مکمل کرنے کی کوشش کروں گا۔ اگر یہ غیر مکمل بھی رہ گئی تو کیا خونی حکایت سبق آموز ثابت نہ ہو گی؟

اس شخص کی ذہنی کیفیت۔ روحانی اذیت جسے موت کی سزا کا حکم سنایا جاچکا ہو، ان افراد کے لئے بھی جنہوں نے سزائے موت کا فتویٰ صادر کیا سبق نہ ہو گا؟ شاید اس حکایت کے تاثرات سے وہ مجرموں کی جانچ پڑتال نام نہاد ترازروئے عدل میں صحیح طور پر کر سکیں۔ شاید وہ بتدریج ارتقائے مصائب کا بغور مطالعہ نہیں کرتے۔ جب وہ اپنی عدالت سے کسی مجرم کے خلاف موت کا حکم نافذ کرتے ہیں، جب وہ کسی مجرم کو سزا دیتے ہیں تو اس وقت وہ اس حقیقت سے بالکل بے خبر ہوتے ہیں کہ وہ جس شخص کی زندگی کا خاتمہ کرنے والے ہیں اس کے اندر ایک غیر فانی روح موجود ہے جو موت کی دسترس سے بالاتر ہے۔ اس کے پیش نظر سوائے عدل وانصاف کے اور کچھ نہیں ہوتا۔ وہ مجرم کے اندرونی وبیرونی کیفیت سے بے پروا رہتے ہیں۔

یہ کاغذات انہیں اس حقیقت سے آگاہ کر دیں گے۔ شائع ہونے کے بعد میرے خیالات ان کے دماغوں کی عنان توجہ اپنی طرف منعطف کرائیں گے۔ وہ انسانی جسم کو خاک میں ملا کر اپنی کامرانی کا دعویٰ کرتے ہیں۔ ذہنی پستی کی عیاں مثال۔ جسمانی اذیت ذہنی تکلیف کے مقابلہ پر کوئی اہمیت نہیں رکھتی۔

وہ دن آنے والا ہے جب میرے سوانح حیات لوگوں کو۔۔۔ اگر میری زندگی کے بعد تیز ہوا ان کاغذات کو عدالت میں نہ لے اڑی۔ یا یہ کاغذات محافظ جیل کے کمرہ کی بدنما کھڑکیوں پر۔۔۔ چسپاں ہو کر ابروباراں سے ضائع نہ ہو گئے۔

(۷)

فرض کرلیا جائے کہ میری داستان زندان ایک روز دوسروں کے لئے مفید ثابت ہو۔۔۔ججوں کو سزائے موت کا فتویٰ دیتے وقت کپکپی پیدا کردے۔۔۔ مجرموں اور بے گناہوں دونوں کو اس مصیبت سے جس میں کہ میں ان دنوں گرفتار ہوں بچالے، تو مجھے اس سے کیا فائدہ؟ جب کہ میرا سر تیز دھار چھرے سے کاٹا جا چکا ہوگا۔ میں کسی خاموش قبرستان میں منوں مٹی تلے سو رہا ہوں گا۔ تو پھر مجھے کیا؟ میری طرف سے وہ ہزاروں کی جانیں لیں۔ لاکھوں کے سر قلم کریں۔ میں تو اس وقت اپنی زندگی کے دن پورے کر چکا ہوں گا۔ کیا میں نے مقتل کی اس جگہ کو جس جگہ کہ میرے جسم کا خون بہے گا الٹنے کی ناکام سعی کا خیال کیا ہے؟ جبکہ سورج کی زندگی بخش روشنی، بہار کا سہانا موسم، ہرے بھرے کھیت، پرندوں کا چہچہانا، نیلگوں آسمان، لانبے لانبے درخت، برسات کی کالی کالی گھٹائیں، قدرت کی نیرنگیاں، زندگی اور موت میرے لئے نہ ہوگی۔ نہیں! نہیں یہ سب کچھ میرے لئے ہے۔ میں زندہ رہوں گا۔ زندہ رہنے کی کوشش کروں گا۔ کیا یہ سچ ہے کہ میں ضرور موت کے گھاٹ اتارا جاؤں گا؟ آہ! میرے پروردگار!! اس خیال کے آتے ہی دیوار سے سر پھوڑنے کو جی چاہتا ہے۔

(۸)

اب مجھے یہ سوچنا چاہئے کہ میری زندگی اور موت کے درمیان کتنے روز باقی ہیں۔

تین دن سزائے موت کے حکم کے بعد ملزم کو رحم کی درخواست کے لئے ملتے ہیں۔ ایک ہفتہ کاغذات کی جانچ پڑتال کے لئے دو ہفتہ وہ کاغذات وزیر کی میز پر فضول پڑے رہتے ہیں۔ وہ یہ بھی نہیں جانتا کہ وہ کاغذ ہیں کس بارے میں؟ حالانکہ مقدمہ کی تمام کارروائی اس کے پاس اس لئے بھیجی جاتی ہے کہ وہ اس کا مطالعہ کر کے ان پر اپنی طرف سے رائے لکھ کر بادشاہ کے پاس بھیج دے۔۔۔

دہ ہفتہ اس حکم کی نظر ثانی کرنے میں صرف ہوتے ہیں تا کہ کہیں کسی سے بے انصافی نہ ہو جائے۔۔۔

اس کے بعد شاہی عدالت کا اجلاس منعقد ہوتا ہے۔ جس میں عموماً ان تمام درخواستوں کو رد کر دیتے ہیں جو ان کی خدمت میں رحم کے لئے گذاری گئیں۔۔۔ وہ ان ردی کاغذات کو وزیر کے پاس واپس بھیج دیتے ہیں جو فوری عمل در آمد کے لئے انہیں جلاد کے سپر کر دیتا ہے۔

اب صرف تین دن باقی رہ گئے چوتھے دن سرکاری وکیل اپنے دل میں کہتا ہے" اس معاملہ کا جلد خاتمہ ہونا چاہئے۔ چنانچہ اس کے حکم سے اسی صبح بازار کے چوک میں پھانسی دینے کا چبوترہ تیار ہونا شروع ہو جاتا ہے۔ راہ گذروں کے لئے خونیں چبوترہ بہت دلچسپی پیدا کر دیتا ہے۔۔۔ اس کے بنتے وقت بہت سے تماشائی اس کے ارد گرد جمع ہو جاتے ہیں۔

کل چھ ہفتہ ہوئے! زندگی اور موت کے درمیان صرف چھ ہفتہ! اس بھولی لڑکی کا اندازہ بالکل درست تھا۔

(۹)

میں نے آج اپنی وصیت مرتب کر لی ہے۔ فضول ہے! میری تمام جائداد تو وکیل کے اخراجات بھی پورے نہ کر سکے گی۔ پھانسی۔ پھانسی بھی کتنی گراں ہے۔ میرے پسماند گان میں صرف ماں، بیوی اور بچہ ہو گا۔

ایک ننھی سی لڑکی تین سال کی معصوم بچی۔ جب میں نے اسے چھوڑا تھا وہ ابھی دو سال اور ایک ماہ کی تھی۔

چنانچہ میری موت کے بعد والدہ اپنا لڑکا، بیوی اپنا خاوند اور لڑکی اپنا باپ کھو بیٹھے گی۔ تین عورتیں مختلف شکلوں میں یتیم ہو جائیں گی۔

مجھے اپنی والدہ کا اتنا غم نہیں، وہ بیچاری عمر رسیدہ ہے۔ اس دردناک واقعہ کی تاب نہ لاسکے گی۔ مر جائے گی۔ غم و اندوہ کی پُر درد تکالیف سے نجات پالے گی۔ نہ مجھے اپنی بیوی کا ہی فکر ہے۔ وہ پہلے ہی سے صاحب فراش ہے۔ یہ واقعہ اس کے عقل و ہوش کو چھین لے گا۔ میری یاد پھر اسے نہ ستا سکے گی۔

اگر فکر ہے تو اپنی ننھی معصوم بچی کا! اس بھولی بھالی میری کا جو اس وقت بھی اس ہونے والے حادثہ جانکاہ سے بے خبر گھر میں کھیل رہی ہو گی، جس کے کان برائی کے لفظوں سے نا آشنا ہیں۔

آہ! صرف اسی کی یاد مجھے بزدل بنائے دیتی ہے۔

(۱۰)

میری تنگ و تاریک کوٹھڑی کا نقشہ بھی لگے ہاتھ ملاحظہ ہو۔ یہ جگہ آٹھ مربع فٹ

ہے۔ اس کی دیواریں سیمنٹ اور بجری سے کوٹی ہوئی ہیں۔ ایک کونے میں تھوڑا سا گھاس پڑا ہوا ہے۔ یہ بدنصیب قیدی کے سونے کی جگہ ہے۔ خواہ کڑاکے کی سردی ہو یا جنوں انگیز گرمی۔ قیدی کو اسی جگہ بغیر کسی اوڑھنی کے سونا پڑتا ہے۔ میرے سر کے اوپر پتھر کی بنی ہوئی چھت ہے۔ اور بجائے پردوں کے اس میں مکڑیوں کے جالے لٹک رہے ہیں۔

کھڑکیوں اور روشندانوں سے یہ کمرہ محروم ہے۔ سامنے بڑا سا آہنی دروازہ ہے جس کی شکل دیکھتے ہی بدن پر کپکپی سی طاری ہو جاتی ہے۔

نہیں ! نہیں۔ میں غلطی پر ہوں۔ دروازے کے اوپر ایک چھوٹا سا سوراخ ہے۔ رات کے وقت یہ بھی احتیاطاً بند کر لیا جاتا ہے۔

یہ ان غاروں یعنی کمروں کی تفصیل ہے جن میں میرے ایسے بدنصیب جنہیں سزائے موت کا حکم مل چکا ہو مقید ہیں۔

دن ہو یا رات میرے کمرے کے باہر ہر وقت سنتری پہرہ دیتا ہے۔ جب کبھی بھی اس طرف نگاہیں اٹھتی ہیں، اسی سنتری کا منحوس چہرہ نظر آتا ہے۔ جب دیکھو مجھے بڑی بڑی آنکھیں نکالے گھور رہا ہے۔

(۱۱)

رات کی سیاہی نے میری کوٹھری میں اور اندھیرا کر دیا تھا۔ آہ! مجھے دن کی روشنی کتنی پسند ہے۔

بیٹھے بیٹھے یہی خیال آیا کہ کیوں نہ اپنی کوٹھری کی دیواروں کا جائزہ لوں؟ اب وہی منحوس محافظ مجھے اندھی سی لالٹین دے گیا تھا۔

لال ٹین لے کر اٹھا۔ تو دور ہی سے دیوار پر بہت سے عبارتیں لکھی ہوئی معلوم ہوئیں۔ ان کے لکھنے میں کوئلہ، پنسل اور کھریا مٹی استعمال کی گئی تھی۔ معلوم ہوتا تھا کہ ہر بدنصیب شخص نے جو اس کوٹھڑی میں چند دن رہ کر گیا تھا اپنی یادگار ان لفظوں میں چھوڑنی چاہی تھی۔

میرے بستر کے اوپر دو آتشیں دل بنے ہوئے ہیں جن میں ایک تیر پیوست ہے۔ ان کے نیچے "او! بدنصیب! تیری زندگی کے دن بہت تھوڑے ہیں۔" لکھا ہوا تھا۔

اور بہت سے دہکتے ہوئے دل۔ بہت سی غمناک اور دردناک عبارتیں۔ سامنے دیوار پر ایک آزادی کا جھنڈا بنا ہوا ہے جس کے نیچے ملک کے ایک جاں نثار کا نام کھدا ہوا ہے۔

آہ! میرے اللہ! میں نے سچ مچ خون بہایا تھا۔ قتل کیا تھا۔ مگر اس شخص کو جس نے قوم اور وطن کی فلاح کے لئے قدم اٹھایا، پھانسی دے دی گئی۔ اس کے لئے بھی وہی خوفناک سزا تجویز کی گئی۔۔۔۔ یہ ظلم ہے۔۔۔ سراسر ظلم ہے۔

مجھ سے اب کچھ نہیں دیکھا جاسکتا۔ کیونکہ میں نے ابھی ابھی اسی دیوار پر پھانسی کے چبوترے کی شکل بنی ہوئی دیکھی ہے۔ کیسی ہیبت ناک، ڈراؤنی اور مہیب شکل ہے۔ اسی چبوترہ کی شکل جو میرے لئے بھی اس وقت تیار ہو رہا ہو گا۔ ٹانگیں کانپ رہی ہیں۔ طاقت جواب دے چکی ہے۔ آہ! آہ! لال ٹین میرے ہاتھ سے گر رہی ہے۔ تھامنا! خدا کے لئے ذرا مجھے تھامنا!

(۱۲)

تنکوں کے بسترے پر گھٹنوں میں سر دے کر بیٹھ گیا۔ تھوڑی دیر کے بعد میرا خوف وہراس دور ہو گیا۔ اور نامعلوم طاقت مجھے پھر دیواروں کی طرف لے گئی۔ میں نے پھر انہی خوف ناک عبارتوں کا مطالعہ کرنا شروع کر دیا۔ دیوار کے کونے میں مکڑیوں کے جالے تلے مجھے کچھ لکھا ہوا سا نظر آیا۔ میں نے اس جالے کو ہاتھ سے پونچھ دیا۔ اس کے نیچے مجھے پانچ نام نظر آئے میں ان لکھنے والوں کو اچھی طرح جانتا ہوں۔

ان میں پہلا شخص وہ تھا جس نے اپنے بھائی کو ٹکڑے ٹکڑے کر کے اس کا سر نالی میں اور باقی کا دھڑ دریا میں پھینک دیا تھا۔

دوسرا قیدی ایک حکیم تھا جس نے اپنے دوست کو زہر دے دیا تھا اور اس کا علاج کرتے وقت دوا دینے کے بجائے اسے اور زہر پلا دی تھی۔

تیسرا ایک دیوانہ تھا۔ خوفناک دیوانہ جو چھوٹے چھوٹے بچوں کو چاقو کی ایک ضرب سے ہی ہلاک کر دیا کرتا تھا۔

جب یہ خیال آیا کہ وہ سب کسی زمانے میں اسی کوٹھری میں موجود تھے تو میں سر سے پاؤں تک کانپ گیا۔

لیکن اب تو وہ جیل کے ملحقہ قبرستان میں خاموشی سے سو رہے تھے۔ مجھے بھی ان کے ساتھ تھوڑے دنوں بعد جا ملنا تھا۔ میں توہمات کا قائل نہیں ہوں۔ لیکن پھر بھی ان اشخاص کے حالات نے مجھ پر عجب کیفیت طاری کر دی، میرے جسم کی حرارت تیز ہو گئی۔

میں ابھی ان پر قیاس آرائی ہی کر رہا تھا۔ کہ ایسا معلوم ہوا کہ وہ نام جو اس سے تھوڑی دیر پیشتر پنسل کے لکھے ہوئے تھے، آگ کی طرح دہک رہے تھے۔ ہر ایک لفظ ایک شعلہ معلوم ہوتا تھا جو میری طرف بڑھتا چلا آرہا تھا۔ میرے کانوں میں عجیب عجیب

آوازیں آنی شروع ہوئیں۔ جو کہ تیزی کے ساتھ شور و غل میں بدل گئیں۔ آنکھوں میں سے چنگاریاں نکلتی ہوئی محسوس ہوئیں۔

اب مجھے ایسا معلوم ہوا کہ میرا کمرہ آدمیوں سے بھرا ہوا ہے۔ بالکل ناآشنا ہستیوں سے۔ ہر ایک اپنا سر ہاتھ میں پکڑے ہوئے ہے جس میں سے لہو کی بوندیں ٹپک رہی ہیں۔ اب مجھ سے زیادہ نہ دیکھا جا سکا۔ آنکھیں بند کر لیں۔ مگر ایسا کرنے سے وہ ہیبت ناک نظارہ اور بھی صاف دکھائی دینے لگا۔

خواب، واہمہ۔ حقیقت جو کچھ بھی ہو۔ مگر اس وقت تو وہ مجھے پاگل بنا رہی تھی۔ میں گرنے کے قریب تھا کہ میں نے کسی ٹھنڈی سی چیز کو اپنے پاؤں پر سرکتے دیکھا۔ یہ مکڑی تھی جو کہ اس جالے سے گر پڑی تھی۔ اس واقعہ نے ان خیالات کا سلسلہ منقطع کر دیا۔ میرے آوارہ اوسان پھر مجتمع ہو گئے۔

"معدوم۔ معدوم۔ بڑی حفاظت سے اب زمین میں مدفون!۔۔۔۔ مرقد۔۔۔۔ در و دیوار سے بے نیاز جیل۔ یہ کہہ کر میں نے اپنے تئیں تسلی دی۔

(۱۳)

طلوع آفتاب کے ساتھ جیل میں بھی ہنگامہ شروع ہوا۔ مجھے بھاری بھر کم آہنی دروازوں کے بند اور کھلنے کی آواز آئی۔ قیدی ایک دوسرے سے ہمکلام تھے۔ میرے ہمسائے قیدی بھی غیر معمولی طور پر مسرور تھے۔ جیل میں بہت زیادہ رونق تھی۔ ہر طرف خوشی ہی خوشی نظر آتی تھی۔ تمام قیدیوں کے چہروں پر انبساط کے جذبات ہویدا تھے۔ صرف میں خاموش تھا۔ میں اپنے خیالات میں غلطاں اور پیچاں سکوت سے اس

تماشا کو دیکھ رہا تھا۔

محافظ جیل میرے پاس سے گذرا۔ میں نے جرات سے دریافت کیا۔ "کیا جیل میں کسی جشن کی تیاری ہو رہی ہے؟

"جشن؟ ہاں! اگر تم اسے یہ نام دے سکو۔ آج کے دن عمر قیدیوں کو طوق و سلاسل میں جکڑا جائے گا۔ کیونکہ انہیں کل طولون جانا ہے۔ کیا تم انہیں دیکھنا چاہتے ہو۔؟ یہ نظارہ میرے خیال میں تمہارے لئے باعث راحت ہو گا۔" محافظ نے جواب دیا۔

ایک تباہ شدہ اور واژگوں بخت انسان جسے تنہائی میں مقید رکھا ہو، اس کے نزدیک بدترین قسم کا اجتماع بھی قابل دید ہوتا ہے۔ میں نے محافظ کی دعوت کو قبول کر لیا۔

محافظ مجھے باحتیاط تمام ایک خالی کمرے میں لے گیا۔ کمرہ میں صرف ایک کھڑکی تھی۔ اس کھڑکی سے انسان بیرونی حالات و واقعات کا بہ آسانی مطالعہ کر سکتا ہے۔ محافظ نے مجھے اس کمرے میں بیٹھ کر قیدیوں کا تماشا دیکھنے کے لئے کہا۔

"تم یہاں اکیلے بادشاہ کی مانند مزے لو۔"

یہ کہتے ہوئے وہ کمرے سے باہر چلا گیا اور باہر سے قفل لگا دیا۔

کھڑکی کے سامنے ایک بلند عمارت ہے جس کی چار دیواری سے رنج و الم ٹپک رہا ہے انسان اسے دیکھتے ہی خائف و ہراساں ہو جاتا ہے، اس سے زیادہ تکلیف وہ منظر انسانی چشم نہیں دیکھ سکتی۔ اس عمارت میں انسانی روحیں مقید کر رکھی ہیں۔

آج کے دن کے تمام قیدی اپنے قیدی بھائیوں کا تماشا کرنے کے لئے باہر آئے ہوئے ہیں۔۔۔۔ ایسا معلوم ہوتا ہے کہ مجروح روحوں نے دوزخ کی طرف ٹکٹکی لگا رکھی ہے۔!!

قیدی خاموشی سے ایک دوسرے کی طرف تک رہے تھے۔ ان میں ایک دو کی چشم

ہائے شعلہ بار ان کی اندرونی کیفیات کو ظاہر کر رہی تھیں۔ بارہ بجے سب سے بڑا دروازہ کھلا۔ ایک بہت بڑی گاڑی اندر داخل ہوئی جس پر مسلح سپاہی بیٹھے ہوئے تھے۔ یہ گاڑی عمر قیدیوں کے لئے تھی

اسی اثنا میں طولون جانے والے قیدی فوجی ضبط میں قطار در قطار نظر آئے۔ ان کے دیکھتے ہی دوسرے قیدیوں نے شور مچانا شروع کیا۔

محافظوں نے اپنا کام شروع کر دیا۔ تمام قیدیوں کو بیڑیاں پہنائی گئیں۔ قیدیوں نے ان آہنی زنجیروں کو بخوشی قبول کیا اور کوئی پس و پیش نہ کی ہر دلعزیز قیدیوں کو رخصت کے وقت ادب سے سلام کیا گیا جس کا جواب وہ نہایت متانت اور خندہ پیشانی سے دیتے رہے۔

اسی اثنا میں طبی معائنہ کے لئے ڈاکٹر آ دھمکے۔ ان کی آمد پر قیدیوں نے آخری مرتبہ ناکام سعی کی کہ وہ طولون نہ جا سکیں۔ بعض نے خرابی صحت کا بہانہ تراشا۔ اور بعض نے آنکھ پیٹ یا ٹانگ میں درد کا عذر پیش کیا۔ لیکن ڈاکٹروں کے سامنے ان کی ایک پیش نہ چل سکی۔ قہر درویش برجان درویش قیدیوں کو ان آہنی حکم کے آگے سر جھکا دینا پڑا۔

اب قیدیوں کو نیم برہنہ کر دیا گیا تاکہ طولون کے لئے انہیں مخصوص لباس پہنا دیا جائے۔ قیدیوں کے اجسام کا برہنہ ہونا تھا کہ سرد ہوا زور سے چلنی شروع ہوئی۔ ایسا معلوم ہوتا تھا کہ سرد ہوا بھی آمادہ بہ انتقام ہے۔ بارش بھی خوب زور سے برسنی شروع ہو گئی۔

غریب قیدی کانپ رہے تھے۔ لیکن ان کی تکلیف کی کوئی پرواہ نہ کی گئی ان کو مخصوص لباس پہنا دیا گیا اور گردنوں میں آہنی کالر لٹکا دیئے گئے۔

کاروان جرائم روانہ ہو چکا تھا میں تنہا کھڑکی میں بیٹھا یہ منظر دیکھ رہا تھا کہ ان کی نگاہوں نے میری طرف رخ کیا۔

"مجرم، قاتل مستحق موت" سب نے یک زبان ہو کر کہا میں حیران و سراسیمہ تھا۔ کیا وہ میری طرف مخاطب ہو کر کہہ رہے تھے؟

"الوداع۔ شب بخیر۔" کہتے ہوئے سب آگے نکل گئے۔ ایک نوجوان قیدی نے میری طرف اشارہ کرتے ہوئے کہا:

یہ خوش قسمت ہے، کیونکہ عنقریب اس کا خاتمہ ہونے والا ہے۔" شب بخیر رفیق من۔" میں کھڑکی میں بے حس و حرکت پڑا ہوا تھا۔ طولون جانے والے قیدیوں کا پانچواں گروہ میری کھڑکی کے سامنے سے گزر رہا تھا۔

آہنی زنجیروں کی آواز سے میرا قلب لرز رہا تھا۔ مجھے ایسا معلوم ہوتا تھا۔ کہ فوج شیاطین میری طرف بڑھتی آرہی ہے۔ میں زور سے چیخا۔

اب مجھے ایسا معلوم ہوا کہ میں انسانی کھوپڑیوں میں گھرا ہوا ہوں۔ اس خیال کی دہشت نے میرے قلب کے اندر ایک عجیب کیفیت پیدا کر دی۔ میں نے ایک چیخ ماری اور بیہوش ہو گیا۔

(۱۴)

جب میں نے ہوش سنبھالا تو اپنے تئیں ایک بسترے پر لیٹا ہوا پایا۔ مقفی لیمپ کی مدھم روشنی میں میں نے بستر کو قطار در قطار دیکھا۔ تو اندازہ لگایا کہ میں دار الشفا میں ہوں۔ میں چند لمحات تک جاگتا رہا۔ میں غور فکر سے معرا تھا یقیناً چند ایام پیشتر زنداں کا یہی دار الشفا میرے لئے مہالک اور مخاطر کا سر چشمہ ثابت ہوتا۔

بستر اس قدر گندہ تھا کہ تعفن سے دماغ پھٹا جاتا تھا۔ بہت معمولی قسم کے کمبل تھے

تاہم میں نے محسوس کیا کہ میرے اعضاء کے درد میں کمی واقع ہو رہی ہے۔میں پھر سو گیا۔

اگلے روز بہت بڑے شور و غوغا نے مجھے خواب سے بیدار کیا۔چونکہ میرا بستر کھڑکی کے قریب تھا۔ اس لئے چیخ و پکار کا سبب تلاش کرنے میں کوئی دشواری نہ ہوئی۔ کھڑکی کے پاس بیٹھ گیا۔ یہاں سے تقریباً تمام جیل کا نظارہ کیا جا سکتا تھا۔ طولون جانے والے قیدیوں کو چھکڑوں میں سوار کیا جارہا تھا۔ بارش کی وجہ سے ان کے کپڑے تربتر ہو رہے تھے اور وہ سردی کے مارے اپنے گھٹنوں کو اندر کی طرف کئے ہوئے تھے۔ ان کی بڑی بڑی داڑھیاں بارش سے تر ہو چکی تھیں۔ حسرت و یاس کا مرقع بنے ہوئے کانپ رہے تھے۔جولائی کے لباس میں دسمبر کی سردی کا تقابل کر رہے تھے۔

محافظ اپنے عصا کے آزادانہ استعمال سے ضبط و نظم کو قائم کئے ہوئے تھے۔بے کس و لاچار قیدی۔۔۔ ان کی آنکھوں میں آتش انتقام کی چنگاریاں بھڑک رہی تھیں۔ یہ تھی ان کی ابتدا!

میرے وکیل نے مجھے کیسی رائے دی تھی؟اف میرے اللہ!!

موت ہزار بار بہتر ہے اس زندگی سے ۔۔۔ عمر بھر اسیری سے۔۔۔ جہنمی زندگی سے،موت اعلیٰ وارفع ہے آہ!!

(۱۵)

بدقسمتی سے میں اب تندرست تھا۔ اس لئے مجبوراً اسپتال کو خیرباد کہنا پڑا۔ اب وہی منحوس کوٹھڑی تھی اور اس کی مرطوب دیواریں۔

تندرست ہوں! یقیناً تندرست ہوں۔ اس لئے کہ نوجوان ہوں۔ مضبوط ہوں۔ خون میری رگوں میں آزادانہ گردش کرتا ہے۔ میرے طاقتور بازو میری اطاعت کرتے ہیں۔ میرا جسم زیادہ عمر تک جینے کے لئے بنا ہوا ہے۔ آہ! لیکن وہ نہیں جانتے کہ یہ سب کچھ ہوتے ہوئے مجھے ایک روگ ہے۔ بیماری ہے جو مجھے روز بروز دیمک کی طرح چاٹ رہی ہے۔ یہ بیماری مجھے میرے بالمقابل کمرہ کے بام پر لا بٹھائے۔

میری دعا قبول ہوگئی۔ جونہی میری زبان سے یہ الفاظ نکلے میں نے اپنی کھڑکی کے نیچے کسی کی صدائے ہوشربا سنی۔ یہ نغمہ کسی طائر کا نہ تھا بلکہ کسی آتش نفس مغنی کا راگ تھا جو دردناک ترنم میں اس کو گا رہی تھی۔

میں نے اپنے سر کو اٹھایا تاکہ میں گانا سن سکوں۔ راگ فضا کو حسرت و الم کے جذبات سے لبریز کر رہا تھا:

میں نے بلند شاہ بلوط کو کاٹا
مجھے شعلوں پر لوٹنے کے لئے کہا گیا

میں نے انسانی زندگی کا خاتمہ کیا
مجھے زنداں میں پھینک دیا گیا

میری رفیق حیات نے التجا کی
شاہ نے اسے نامنظور کر دیا

مجھے ایسے کمروں میں ناچ کرنا ہے

جو درودیوار سقف و فرش سے عاری ہو

مجھے تختہ دار پر لٹکنا ہے

میں اب کچھ نہ سن سکا۔

زندان! آہ زندان۔ بدترین مسکن، ذلیل ترین جائے پناہ۔

جیل اپنی حد نظر تک کی تمام اشیاء کو زہر آلودہ بنا دیتی ہے۔ یہاں ہر خوبصورت چیز اپنی اصلیت اور حقیقت زائل کر لیتی ہے۔ یہاں تک کہ ایک حسین کا آتشیں نغمہ بھی۔ اگر زندان میں تمہاری نظر کسی پرندے پر پڑے تو وہ بھی پر و بال بریدہ ہو گا۔ اگر تم کسی خوشبو دار پھول کو سونگھو تو اس میں تمہیں زہر کی خاصیتیں نظر آئیں گی۔

(۱۶)

اگر میں یہاں سے فرار ہونے میں کامیاب ہو جاؤں تو کس طرح ہرے بھرے اپنے بھائیوں سے عطا ہوئی۔

جس دن ہسپتال سے خارج ہو کر اس منحوس چار دیواری میں آیا ہوں۔ ایک خیال ہر وقت ستاتا ہے۔ خیال جو مجھے دیوانہ بنائے دیتا ہے، وہ یہ ہے کہ اگر میں کچھ دن اور وہاں قیام کرتا تو شاید۔۔۔۔ شاید فرار ہونے میں کامیاب ہو جاتا!!

ان حکیموں، تیمار داروں اور نوکروں کی نظروں سے معلوم ہوتا ہے کہ وہ میری جوانی کو رحم کی نگاہوں سے دیکھتے ہیں۔ ان کی سرد آہیں، ان کا از راہ شفقت میرا ہاتھ دبانا کیا اس پر دال نہیں ہے۔

کتنا تعجب ہے کہ وہ لوگ انسان کو بخار کی تکلیف سے تو بچا سکتے ہیں، لیکن پھانسی کے حکم سے نہیں بچا سکتے جب کہ ان کے لئے ایسا کرنا بالکل آسان ہے۔ صرف دروازہ کھولنے سے ایک بد قسمت انسان کی جان بچ سکتی ہے۔ صرف ایک دروازہ کھولنے سے!! اب میرے لئے تمام دروازے بند ہیں۔ موت سے بچنے کے لئے کوئی تدبیر سمجھ میں نہیں آتی۔ اگر رحم کی درخواست گزار دوں تو وہ مسترد کر دی جائے گی۔ کیونکہ فیصلہ بالکل درست تھا، میرے خلاف پختہ ثبوت موجود تھے۔ گواہوں کے بیان سچ پر مبنی تھے۔ ایسا کرنا سراسر بے وقوفی ہے۔ حماقت ہے!!

کاش میں رحم کی درخواست منظور کرانے میں کامیاب ہو جاؤں۔ مگر کس سے؟ کس بنا پر؟ اور کن ذرائع سے؟

جب یہ سوچتا ہوں تو ان سب کے جواب میں مجھے پھانسی کے چبوترے کا نقشہ آنکھوں کے سامنے نظر آجاتا ہے۔

اب میرے لئے صرف دو چیزیں باقی ہیں:۔

اس منحوس کوٹھڑی میں چند روزہ قیام۔۔۔۔ گلا کاٹنے کا چبوترہ۔

(۱۷)

میں نے دار الشفا کا تمام وقت کھڑکی میں بیٹھ کر گذار دیا۔ موسم تبدیل ہو چکا تھا۔ آفتاب کی جان بخش شعاعیں میرے لئے کسی حد تک لطف اندوز ثابت ہو رہی تھیں۔ اپنا بھاری سر ہاتھوں میں لئے کہنیوں کو گھٹنوں پر ٹیکے پاؤں کو کرسی کے بازوؤں پر رکھے حسرت و یاس کی جیتی جاگتی تصویر نظر آرہا تھا۔ زندان کا خیال مجھے رہ رہ کر ستا رہا تھا۔ مجھے

ایسا محسوس ہوتا تھا۔ گویا میرے اعضا میں طاقت ہے ہی نہیں۔ کانوں میں ابھی ان قیدیوں کی زنجیروں کی آواز گونج رہی تھی۔

اس وقت میری انتہائی خواہش یہ تھی کہ ریاض ہستی کا باغبان کسی خوش الحان طائر کو کھیتوں میں دوڑتا پھروں گا۔

نہیں نہیں! مجھے دوڑنا نہیں چاہئے۔ اس طرح تو لوگ مجھ پر شک کریں گے۔ جیل سے بھاگا ہوا قیدی سمجھیں گے۔ میں آہستہ آہستہ سر جھکا کر چلوں گا۔ ساتھ ساتھ ہلکی ہلکی سیٹی بھی بجاتا جاؤں گا۔ اس طرح مجھے کوئی نہ پہچان سکے گا۔

جیل سے نکلتے ہی میں جھیل کے کنارے درختوں کے جھنڈ میں رات ہونے تک پناہ لوں گا، وہ جگہ بہت محفوظ ہے، کسی زمانے میں اپنے دوستوں کے ساتھ مینڈک پکڑنے آیا کرتا تھا۔

جب پوری طرح تاریکی مسلط ہو جائے گی تو میں وہاں سے نکل کر سیدھا انگلستان کی راہ لوں گا۔

ایک سپاہی میرے پاس سے گزر رہا ہے۔ اس نے مجھ سے پروانہ راہداری طلب کیا ہے۔ آہ! میرے پروردگار!! میں تباہ ہو گیا۔

او۔ ہوا میں قلعہ بنانے والے۔ پہلے اپنی منحوس کوٹھڑی کی تین فٹ چوڑی پتھر کی دیوار کو توڑ۔۔۔۔ آہ نا امیدی!! موت!!! بھیانک موت!!! مجھے یاد ہے کہ میں اس وقت ایک کم عمر بچہ تھا۔ جب میرا والد مجھے جیل کی دیوار دکھانے لایا تھا۔ مگر کسے معلوم تھا کہ میں اسی لوہے ایسی چار دیواری میں اس بے سرو سامانی کی حالت میں قید کر دیا جاؤں گا۔ آہ!!!

(۱۸)

میں ابھی یہ لکھ رہا تھا کہ میری لال ٹین کی روشنی مدھم پڑ گئی۔ دن کی روشنی اس روشنی پر غالب آگئی تھی۔ گرجا گھر کی گھڑی کی مدھم آواز چھ بجنے کا پتہ دے رہی تھی۔

دروازہ کھلا۔ محافظ جیل اندر داخل ہوا۔ ٹوپی اتار کر سلام کرتے ہوئے اس نے میرے تخلیہ میں مخل ہونے کی معافی چاہی۔ وہ ہر روز میرا ناشتہ لے کر آتا مگر آج اس کے بشرے سے کچھ اور ہی ہویدا تھا

اپنی کرخت آواز کو ملائم بناتے ہوئے اس نے مجھ سے پوچھا کہ میں کیا چیز کھانا پسند کروں گا۔ اس کا کہنا تھا کہ میرے جسم میں سرد لہر دوڑ گئی۔۔۔۔ کیا وہ۔۔۔۔ وہ خوفناک واقعہ کل پیش آنے والا ہے؟

(۱۹)

ایسا نرم سلوک صرف ایک دن کے لئے ہے۔

جیل کا گورنر مجھے ملنے آیا۔ اس نے میرے آرام و آسائش کے لئے محافظ جیل کو کچھ ہدایت دیں۔ اس نے مجھ سے یہ بھی دریافت کیا کہ میں اس سے ناراض تو نہ تھا۔ یا مجھے اس سے کوئی شکایت تو نہ تھی۔

شکایت اور مجھے؟۔۔۔۔ مجھے جس کی زندگی اور موت کے درمیان صرف چند گھنٹوں کا فاصلہ ہے۔ قریب المرگ انسان کو کسی سے کیا شکایت ہو سکتی ہے۔ واپس جاتے ہوئے اس نے بڑے ادب سے "جناب" کہا۔

میں اچھی طرح جانتا تھا کہ ایسا نرم سلوک صرف ایک دن کے لئے ہے۔

(۲۰)

محافظ جیل خیال کرتا ہے کہ مجھے اس سے اور اس کے ہم پیشہ لوگوں سے کوئی شکایت نہیں۔ وہ درست خیال کرتا ہے۔

ان کے بارے میں کچھ شکایت کرنی سراسر بے وقوفی ہے۔ کیونکہ انہوں نے تو اپنا فرض ادا کیا ہے۔

وہ میری جان کی حفاظت کرتے رہے۔ کیا مجھے ان کا شکر گذار نہ ہونا چاہئے؟ لیکن محافظ ہنس مکھ، نرم الفاظ اور خوشامدانہ لہجہ رکھتے ہوئے بھی میری نظروں میں جیل کی کوٹھڑی سے کم نہیں۔

میرے گردونواح کی سب چیزیں مختلف اشکال میں زنداں ہیں۔ یہ دیوار پتھر کا قید خانہ ہے۔ یہ دروازہ لکڑی کا جیل۔ قید خانے! انسان اور چونے پتھر کی عمارت کا مرکب ہے۔ میں اس کا شکار ہوں۔ اس نے مجھے اپنی دیواروں میں قید کر لیا ہے اس کے قفل مجھے فرار ہونے نہیں دیتے اور یہ محافظ کی تیز بین نگاہوں سے میری حفاظت کرتا ہے۔

آہ! میں بد نصیب تو پہلے ہی سے ہوں۔ الٰہی! میرا کیا حشر ہو گا۔ وہ میرے ساتھ کیا سلوک کریں گے!!

(۲۱)

اب مجھے کامل سکون حاصل ہو گیا ہے۔ تمام امیدوں کا خاتمہ ہو چکا تھا۔ آج سے پہلے میرے دل میں امید کی کرن باقی تھی۔ سو وہ بھی چلی گئی۔ خدا کا شکر ہے۔ ہزار بار شکر ہے کہ امید کا وہ موہوم خیال جو میرے لئے سوہان روح ہو رہا تھا، اب باعث تکلیف نہ ہو گا۔ ساڑھے چھ بجے! نہیں! نہیں! پونے ساتھ بجے میرے کمرے کا دروازہ کھلا اور ایک معمر شخص اندر داخل ہوا۔ وہ بڑا سا لبادہ پہنے ہوئے تھا۔ میں نے اس کے لباس سے اندازہ لگایا کہ وہ کوئی پادری ہو گا۔

وہ میرے مقابل چارپائی پر بیٹھ گیا۔ مسکراہٹ اس کے لبوں پر کھیل رہی تھی۔ اپنی آنکھیں چھت کی طرف اٹھاتے ہوئے اس نے کہا "میرے بچے! کیا تم تیار ہو!

"میں بالکل تیار ہوں۔" یہ کہتے ہوئے میری آنکھوں میں اندھیرا سا چھا گیا۔ ایک سرد لہر میرے جسم سے سرعت سے دوڑ گئی۔ میری کنپٹیوں کی رگیں پھول گئیں۔ اور کانوں میں عجب سا شور برپا ہونے لگا۔

مجھے ایسا معلوم ہوا کہ پادری کچھ کہہ رہا تھا، کیونکہ اس کے لب جنبش کر رہے تھے اور وہ ہاتھوں سے کچھ اشارے کر رہا تھا۔

کوٹھڑی کا دروازہ پھر کھلا۔ دو آدمی اور داخل ہوئے۔ ان کے آنے سے میرے پراگندہ اور آوارہ خیالات پھر جمع ہونے شروع ہو گئے۔ میں اب دیکھ اور سن سکتا تھا۔

ان میں سے ایک جو ہاتھ میں بڑا سا کاغذ پکڑے ہوئے تھا، میری طرف آیا اور جھک کر سلام کرتے ہوئے کہنے لگا "جناب میں شاہی دربار کا نقیب ہوں 'اور حضور کے واسطے سرکاری وکیل کی جانب سے ایک پیغام لایا ہوں۔"

میری بیہوشی اب بالکل دور ہو گئی تھی۔ "پیغام لائے ہو؟ خیر! اسے میرا سر ابھی ابھی درکار ہے کیا؟ مجھے امید ہے کہ میری مرگ سے اسے بہت خوشی حاصل ہو گی۔

کیوں نہ ہو۔ بیچارے نے اس کی خاطر تھوڑی تکلیف اٹھائی ہے۔" یہ کہہ کر میں نے آواز کو اور مضبوط بنایا۔ اور کہا" جناب اس پیغام کو پڑھ کر سنایئے۔

اس پر اس نے وہ کاغذ پڑھنا شروع کیا جو شروع سے آخر تک بڑے بڑے لفظوں سے پُر تھا۔ اس کا مطلب یہ تھا کہ میری درخواست رحم شاہی دربار نے مسترد کر دی۔ اور پھانسی اسی دن عمل میں لائی جائے گی۔

"آپ میرے ساتھ ساڑھے سات بجے تشریف لے جائیں گے کیا؟" اس نے حکم کو پڑھنے کے بعد مودبانہ لہجے میں کہا۔

کچھ دیر تک میں اس کو بالکل نہ سن سکا، کیونکہ جس وقت اس کی آنکھیں کاغذ پڑھنے میں مصروف تھیں، اس وقت میں نیم وادروازے کی طرف پُر امید نگاہوں ں سے دیکھ رہا تھا۔ لیکن آہ! بدقسمتی!! ایک نہیں چار سنتری کمرے کے باہر پہرہ دے رہے تھے۔

شاہی ہرکارے نے پھر وہی سوال دہرایا، تو میں نے آہستگی سے جواب دیا" جیسے آپ کی مرضی ہو میں ہر وقت تیار ہوں۔"

" تو پھر میں نصف گھنٹہ کے بعد آپ کی خدمت میں حاضر ہوں گا۔ تیار رہئے آپ۔"

ہرکارے نے دروازے کی طرف مڑتے ہوئے کہا۔

وہ سب مجھے تنہا اس منحوس کوٹھڑی میں چھوڑ کر چلے گئے۔

کاش! میں فرار ہونے میں کامیاب ہو جاؤں۔ میرے پروردگار! کوئی ذریعہ مہیا کر دے کہ میں یہاں سے بھاگ نکلوں۔

مجھے فراری کا کوئی نہ کوئی ذریعہ ضرور پیدا کرنا چاہئے۔ وہ دروازے سے ہو یا چھت سے کھڑکیوں سے ہو یا زمین سے۔ مگر مجھے یہاں سے بھاگ نکلنا چاہئے۔ خواہ ایسا کرنے

میں مجھے اپنا گوشت ہی قربان کیوں نہ کرنا پڑے۔

ایسا خیال کرنا سراسر بے وقوفی ہے۔ جہالت ہے۔ بہترین ہتھیاروں کی مدد سے بھی اگر اس دیوار کو توڑنے لگیں تو بھی تین ماہ کے عرصہ سے کیا کم وقت خرچ ہو گا مگر مجھے جس کے پاس ایک کیل تک نہیں، ایک مکمل گھنٹہ تک وقت نہیں، آہ! ظالم شیطانوں!! میں پاگل ہو رہا ہوں!!!!

(۲۲)

اب اس جگہ منتقل کر دیا گیا ہوں۔ اب صرف ایک، اور صرف ایک چیز باقی ہے۔ یعنی گلا کاٹنے کی مشین۔ دوران انتقال میں جو سفر طے کیا، وہ اس قابل ہے کہ صفحہ قرطاس پر لایا جائے:۔

پورے ساڑھے سات بجے سرکاری ہرکارہ بلائے بے درماں کی طرح نازل ہو کر یوں گویا ہوا:۔

"جناب میں حضور کا انتظار کر رہا ہوں۔"

میں اٹھا اور دروازے کی جانب بڑھا۔ مگر مجھے ایسا معلوم ہوا۔ جیسے میری طاقت بالکل سلب ہو چکی ہے۔ سر میں شدت کا درد ہو رہا تھا۔ جسم کے تمام اعضا بالکل مردوں ایسے تھے دوسرا قدم اٹھانا مشکل ہو رہا تھا۔

مگر میں نے بڑی جرات سے کام لے کر اپنی زائل شدہ طاقت پر فتح پانے کی کوشش کرتے ہوئے دروازے کی جانب بڑھنا شروع کیا۔

اس منحوس کوٹھڑی کو ہمیشہ کے لئے خیرباد کہنے سے بیشتر میں نے اس پر آخری نگاہ

ڈالی۔ جس میں میری زندگی کا قلیل مگر اہم حصہ گذرا تھا۔ وہ اب بالکل سنسان معلوم ہو رہی تھی۔۔۔۔ زندان کی کوٹھڑی کے لئے خالی رہنا بھی تعجب سے کم نہ تھا۔ غلام گردش کے اختتام پر ہمیں جیل کا پادری ملا اور وہ بھی ہمارے ساتھ ہولیا۔

زندان کے درمیانی دروازہ پر ڈائرکٹر مجھے بہت محبت و شفقت سے ملا۔ اور خاص میری حفاظت کے لئے چار آدمی متعین کر دیئے۔ دروازے سے گذرتے ہوئے ایک بوڑھا قیدی اپنے پنجرے سے بولا " آیندہ ملاقات تک خدا حافظ " کتنی مضحکہ خیز الوداع تھی۔ شاید وہ بوڑھا قیدی نہیں جانتا کہ یہ سفر جو میں اب اختیار کر رہا ہوں، میرا آخری سفر ہے۔ آئندہ ملاقات عالم بالا میں ہی ہو سکتی ہے۔ اب ہم صحن میں پہنچ گئے جہاں کہ میں آزادانہ طور پر کھلی فضا میں سانس لے سکتا تھا۔ لیکن میں اس فضا سے بہت دیر تک لطف اندوز نہ ہو سکا کیونکہ دروازے سے باہر وہی منحوس گاڑی انتظار کر رہی تھی جس سے ایک دفعہ پہلے میرا واسطہ پڑ چکا تھا۔ اس متحرک قبر میں داخل ہونے سے پہلے میں نے صحن پر نگاہ ڈالی۔۔۔۔ وہ نگاہ جو کسی اچانک شعبدہ کی طالب تھی۔۔۔۔ میری روانگی پر تماشائیوں کا اچھا خاصا گروہ گاڑی کے گرد حلقہ بنائے ہوئے تھا۔ ہلکی ہلکی بوندا باندی ہو رہی ہے۔ جو موسم کو اور تند اور سرد بنا رہی ہے۔ ہم سب گاڑی میں بیٹھ گئے۔ ہرکارہ اور ایک محافظ سامنے والی نشست پر۔ میں پادری اور دوسرا محافظ اس کے مخالف تختے پر۔ اس کے علاوہ چار اور محافظ گاڑی کے پائیدان پر کھڑے تھے۔ کوچوان کو شمار نہ کرتے ہوئے ایک مقابلہ میں آٹھ تھے۔ گاڑی خوفناک گڑگڑاہٹ سے متحرک ہوئی۔ اور زندان کے بھاری بھرکم دروازے بند ہو گئے۔

میں اس آدمی کی طرح تھا جو بیہوشی کے عالم میں ہی زندہ درگور کیا جا رہا ہو۔ جو سن سکتا ہو۔ مگر طاقت گویائی نہ رکھتا ہو۔

گھوڑوں کی گھنٹیوں کی آواز، کوچوان کی چابک کی شٹر شٹر اور گاڑی کی گڑ گڑاہٹ مجھے اس خوفناک منظر کی طرف تیزی سے لے جارہی تھی۔ میں خدا جانے کن خیالات میں غرق تھا کہ اچانک گاڑی نے رخ بدلا۔ آہنی سلاخوں والی کھڑکی میں سے باہر کی طرف جھانکا تو نوترے دیم کے بلند مینار نظر پڑے جو کہ پیرس کی دھند میں ملبوس مدھم مدھم سے نظر آرہے تھے۔

اس منظر کو دیکھ کر میرے خیالات یکلخت نوترے دیم کی طرف پلٹ پڑے۔ "جو لوگ اس مینار پر موجود ہوں گے۔ وہ میری گردن اترنے کا منظر بخوبی دیکھ سکیں گے۔" میں نے مجنونانہ ہنستی ہنستے ہوئے اپنے آپ سے کہا۔

اسی وقت پادری نے بھی مجھ سے کہا۔ میں نے اسے اطمینان سے بولنے دیا۔ کیونکہ میرے کان تو پہلے ہی گاڑی کے پہیوں، کوچوان کی چابک اور گھوڑوں کی متواتر آوازوں سے پُر تھے۔ اس لئے پادری کی آواز میرے لئے ان شور میں سے ایک شور تھی۔

میں خاموشی سے اس کا رٹا ہوا وعظ سنتا رہا جو میرے احساسات قلب کو مردہ کر رہی تھی۔۔۔ اس کا وعظ اس ندی کے شور کے مشابہ تھا۔ جو کسی ویران جنگل میں بہہ رہی ہو۔ میں نے اس کے الفاظ کو سنا۔ مگر آہ! وہی الفاظ، وہی عبارت، صنوبر کے ٹیڑھے اور مڑے ہوئے درختوں کی طرح میرے لئے نئے نہ تھے۔ میں انہیں کئی مرتبہ سن چکا تھا۔ بجائے اثر کرنے کے وہ میرے خیالات کو اور مجروح پریشان اور آوارہ کر رہے تھے۔

یکایک سرکاری ہرکارہ کی درشت آواز نے مجھے اپنے گہرے خیالات سے چونکا دیا۔ وہ پادری سے مخاطب ہونا چاتا تھا۔

موسیوے ابی۔ آج کی تازہ خبر؟ اس نے متجسسانہ لہجہ سے کہا۔ پادری جو کہ میرے ساتھ وعظ و نصیحت میں مصروف تھا، اس کو نہ سن سکا، لہٰذا ہرکارہ نے پھر ایک

دفعہ اس سے مخاطب ہو کر کہا:

" مقدس باپ! کیا آپ کو اس تازہ خبر کا علم ہے جس نے آج پیرس بھر کو اپنی طرف متوجہ کیا ہوا ہے۔

میں سر سے پیر تک کانپ گیا۔ کیا اس خبر کا میرے ساتھ تعلق تھا۔۔۔ مجھے بھی تو آج۔۔۔

"نہیں تو؟ مجھے صبح کے اخبار دیکھنے کا وقت نہیں ملا۔ شام کو سارے اخبار ایک بار ہی دیکھ لوں گا۔ پادری نے آخری کار جواب دیا۔ " چہ خوش! میں کچھ اور عرض کر رہا ہوں جناب۔ آج کی تازہ خبر۔ وہ خبر جس نے پیرس بھر کی توجہ اپنی طرف مبذول کرالی ہے! ہرکارہ نے اسی انداز میں کہا۔ "میرا خیال ہے مجھے اس کا علم ہے۔" میں نے ہرکارہ کی بات کاٹتے ہوئے کہا۔ " تمہیں؟ کیا واقعی؟ ہاں تو اس معاملہ کی بابت تمہاری کیا رائے ہے؟"

" معاف کیجئے میں کچھ اور سمجھا تھا۔" میں نے اپنی غلطی کا اعتراف کرتے ہوئے کہا۔ کیونکہ اس خبر کا میرے وجود کے ساتھ کوئی تعلق نہ تھا۔

" لیکن تم تو ابھی کہہ رہے تھے۔ کہ تمہیں کسی خبر کا علم ہے۔ آخر وہ کیا ہے؟" ہرکارے نے مجھ سے دریافت کیا۔"

میں نے اس کا کوئی جواب نہ دیا۔ بلکہ اپنے کاندھوں کو ہلکی سے جنبش دے کر پھر اپنے خیالات میں غوطہ زن ہو گیا۔

ابھی چند منٹ نہ گزرنے پائے تھے کہ ہرکارہ پھر ایک دفعہ مخاطب ہوا اور کہنے لگا۔ "کیا سوچ رہے ہو تم؟"

"اپنی قسمت کے فیصلہ کے متعلق۔ یہی سوچ رہا تھا کہ آج شام کے بعد میں کچھ سوچ نہ سکوں گا۔"

"یہ بات؟ چھوڑو۔ چھوڑو۔ ان خیالات کو موقوف کر دو تم بہت غمگین ہو رہے ہو۔ نوجوان آدمی! بہادر بنو۔ اور اس کا مردانہ وار مقابلہ کرو۔۔۔۔

نوجوان؟ میں اور نوجوان؟ بھول رہے ہیں آپ۔ میری عمر آپ سے کہیں زیادہ ہے۔ ایک ایک منٹ میری عمر میں سال بھر کا اضافہ کر رہا ہے۔" دیکھو! تم مذاق کر رہے ہو۔ میں تمہارے دادا کی عمر کے برابر ہوں۔"

" میں حقیقت عرض کر رہا ہوں۔ مجھے آپ سے مذاق کرنے کی کوئی خواہش نہ تھی۔"

"جناب! خفا مت ہوں آپ! رنجش کو تھوک ڈالئے۔" اس نے میری سنجیدگی سے متاثر ہو کر کہا۔

"وہ رنجش دیر تک قائم نہ رہے گی۔ خاطر جمع رکھیں۔' میں نے جواب دیا۔

ہماری گفتگو گاڑی کے اچانک ٹھہر جانے سے بند ہو گئی۔ گاڑی محکمہ چونگی کے دفتر کے سامنے کھڑی ہوئی تھی۔ ایک انسپکٹر آیا اور اس کا معائنہ کر کے چلا گیا۔ اگر گاڑی میں ہمارے بجائے قربانی کی گائے ہوتی تو وہ یقیناً محصول لیتے۔ مگر انسانی سر جس کو اپنے مقصد کے لئے لے جایا جا رہا ہو۔ محصول کی دستبرد سے محفوظ تھا؟۔۔۔ گاڑی چل پڑی۔ گرجا گھر کا گجر ساڑھے آٹھ بجا رہا تھا کہ ہم منزل مقصود پر پہنچ گئے۔ عدالت کی عمارت ہی میری روح قبض کرنے کے لئے کافی تھی۔ مگر غیر معمولی جسارت سے کام لیتے ہوئے گاڑی سے اترا اور سپاہیوں کی دورویہ قطار سے گذرتا ہوا اس عمارت میں داخل ہو گیا۔

(۲۳)

شاہی ہرکارے کی معیت میں گیلری سے گذرتا ہوا ڈائرکٹر کے کمرے میں پہنچا۔ یہ وہ گیلری ہے جس سے صرف وہی اشخاص گذرتے ہیں جن کو سزائے موت ایسا لرزہ خیز حکم سنایا جاچکا ہو۔ دوسرے الفاظ میں جن کا گلا تھوڑے عرصے کے بعد برید کیا جاتا ہے۔ ہرکارہ بحفاظت تمام مجھے ڈائرکٹر کی نگرانی میں چھوڑ گیا جس نے مجھے اپنے ملحقہ کمرے میں بند کر دیا۔ اور باہر سے کمرے کو مقفل کر دیا۔

میں خدا جانے کن خیالات میں مستغرق تھا۔ نا معلوم اس کمرے میں کتنے عرصہ سے موجود تھا کہ یکایک کسی انسانی قہقہہ نے مجھے اس وارفتگی سے چونکا دیا۔

میں نے فوراً ہی اپنی نگاہیں اٹھائیں تو اس حقیقت سے آشنا ہو گیا کہ میں کمرہ میں اکیلا نہ تھا بلکہ میرے سامنے پچاس ایک برس کا متوسط قد آدمی کھڑا میری طرف تیز اور چمکتی ہوئی نگاہوں سے گھور رہا ہے۔

اس کا لباس تار تار ہو رہا تھا جسم بے حد کثیف اور گندہ۔ اس کی موجودہ ہیئت کذائی عجیب گھناؤنا منظر پیش کر رہی تھی۔

معلوم ہوتا ہے کہ میری بے خودی کے عالم میں یہ بدنصیب شخص اس کمرہ میں ٹھونسا گیا تھا۔۔۔ کاش موت کا فرشتہ ہی اس کی جگہ آگیا ہوتا!!

ہم تھوڑی دیر کے لئے ایک دوسرے کو غور سے دیکھتے رہے۔ مگر میرا تعجب اور خوف لحظہ بہ لحظہ بڑھتا گیا، کیونکہ وہ اس دوران میں پہلے سے زیادہ خوفناک اور شیطانی قہقہے لگا رہا تھا۔

"تم کون ہو۔" بالآخر میں نے اس سے دریافت کیا۔

"میں؟ میں وہ شخص ہوں جس کے سر نے آج سے ٹھیک چھ ہفتے بعد دوسروں کا کھلونا بننا ہے۔ اپنی طرح ہی سمجھو۔ فرق اتنا ہے کہ تمہارا سر چھ گھنٹہ کے بعد قلم ہوگا اور

میرا چھ ہفتے کے بعد" اس بڈھے نے شیطانی قہقہہ لگاتے ہوئے کہا۔

میرے بدن کے رونگٹے کھڑے ہوگئے۔ سرد لہر جسم میں بجلی ایسی سرعت سے دوڑ گئی۔ تو یہ میرا وارث تھا۔۔۔ میری چھوڑی ہوئی کوٹھری کا وارث۔

"کوئی فکر مت کرو۔ اپنا تعارف کرائے دیتا ہوں۔ یہ کہہ کر اس نے اپنے سوانح حیات سنانے شروع کئے۔

میں ایک مشہور چور کا بیٹا ہوں۔ بدقسمتی سے ایک دن میرے باپ کو جلاد سے واسطہ پڑ گیا جس نے اس کی گردن کو پھانسی کے پھندے میں دے دیا۔ یہ اس زمانے کا ذکر ہے جبکہ خدا کے فضل سے پھانسی کی سزا رائج تھی۔

چھ سال کی عمر میں میں نے اپنے آپ کو بالکل خانماں برباد پایا۔ والد تو اس طرح مر گیا۔ والدہ بھی اس کے پیچھے چل پڑی۔ متواتر تین سال تک سڑکوں پر بھیک مانگتا رہا۔ مجھے اس غرض کے لئے ننگے پاؤں بیسیوں میل سفر کرنا پڑتا۔ اور کیچڑ میں گھٹنوں تک گھسنا پڑتا۔ میرے بدن پر صرف چیتھڑے ہی چیتھڑے تھے۔ میری کمزور ٹانگیں پتلون سے بخوبی نظر آسکتی تھیں۔ سردیوں کے دنوں میں اپنا یخ شدہ جسم لوگوں کو دکھلاتا۔۔۔ لیکن افسوس اس طرح کچھ حاصل نہ ہوا۔

نو سال کی عمر میں یعنی تین سال کے بعد اس پیشہ سے تنگ آکر اٹھائی گیری شروع کی۔ لوگوں کی جیبیں خالی کیں۔ شروع شروع میں بٹوہ چرایا۔ ایک سال کے بعد پورا جیب کترا بن گیا۔

تب میں نے اپنی واقفیت بڑھانی شروع کی حتیٰ کہ میں سترہ برس کی عمر میں ایک ڈاکو بن گیا۔ اسی زمانہ میں ایک قفل توڑتے وقت گرفتار ہوگیا۔ قید خانہ میں سزا کے ایام بھگتنے لگا۔ کس قدر ذلیل زندگی ہے جیل خانہ کی۔ خالی تختوں پر سونا۔ ریت ملی ہوئی روٹی زہر مار

کرنا اور محافظوں کی چابکیں ننگے بدن پر کھانا۔ ان تکالیف کا وہی انداز لگا سکتا ہے جسے اس منحوس جگہ کے دیکھنے کا اتفاق ہوا ہو۔

خیر! قہر درویش بر جان درویش میں نے اپنی سزا کے پندرہ برس۔۔۔ اس کا خیال کرتے ہی کلیجہ منہ کو آتا ہے۔ اس گھناؤنی جگہ بسر کئے قید خانے کو خیر باد کہنے سے بیشتر انہوں نے میری سہولت کے لئے ایک نقشہ اور پروانہ راہداری دیا۔ اس کے علاوہ مجھے چھیاسٹھ فرانک بھی دیئے گئے۔ جو میری پندرہ سال محنت اور مزدوری کا معاوضہ تھے۔ سولہ گھنٹہ فی دن تیس دن فی مہینہ اور بارہ ماہ فی سال عرق ریزی کا معاوضہ!!!

اس منحوس جگہ سے نکلتے ہی میں نے ارادہ کر لیا کہ اب نیک زندگی بسر کروں گا۔ اس قلیل رقم پر ہی اکتفا کروں گا۔ اس وقت ان چیتھڑوں میں ملبوس میرے پہلو میں ایسا دل تھا جو آپ کسی پادری کے لمبے اور شاندار چغے میں نہیں پاسکتے۔ مگر وائے حسرتا:۔

اس زرد رنگ پاسپورٹ کا ستیاناس ہو اس پر "رہا شدہ مجرم" ایسے خوفناک الفاظ جلی قلم سے لکھے ہوئے تھے۔ جہاں کہیں بھی جاتا یہ منحوس کاغذ میرے نامہ اعمال کی طرح ہر شخص پر میری شخصیت کو واضح کر دیتا۔ اپنی نوعیت کی ایک سفارش تھی۔۔۔ "رہا شدہ مجرم۔" یہ الفاظ ہی لوگوں کو مجھ سے متنفر کرنے کے لئے کافی تھے۔ وہی ہوا جس کی مجھے امید تھی۔ میری شکل سے ہی لوگ خوفزدہ ہونے لگے۔ مجھے دیکھتے ہی بچے ڈر کے مارے بھاگ جاتے لوگ مجھے دیکھتے ہی اپنے دروازے بند کر لیتے۔ یہ حال تھا تو ملازمت کی توقع رکھنا سراسر بے وقوفی تھی۔ وہ قلیل رقم اب بالکل خرچ ہو چکی تھی۔ ہر ایک کو اپنے مضبوط اعضا مزدوری کی توقع پر دکھائے۔ مگر انہوں نے آنکھیں بند کر لیں۔

میں نے دن بھر کی مزدوری پندرہ ٹکے۔ دس پیسے۔ پانچ پیسے پر کرنی قبول کی۔ مگر انہوں نے میری فریاد پر کان نہ دھرا۔ اب مرتا کیا نہ کرتا۔ آخر پیٹ پوجا بھی تو ضروری

تھی۔

تین روز کی فاقہ کشی سے تنگ آ کر آخر ایک روز نانبائی کی دوکان پر روٹی چرانی چاہی۔ مگر نانبائی نے مجھے پکڑ لیا۔ اور پولیس کے حوالے کر دیا۔

کھانا تو درکنار میں نے روٹی کو چھوا تک بھی نہ تھا۔ مگر عمر بھر کے لئے اسیر کر دیا گیا۔ تین حروف میرے کاندھوں پر داغ دیئے گئے۔ چاہو تو دکھاؤں؟

اس اسیری کی صعوبتیں اٹھانے کی طاقت نہ تھی۔ اس لئے یہاں سے بھاگ نکلنے کا تہیہ کر لیا۔ میرے پیش نظر صرف تین دیواریں اور دو آہنی زنجیریں تھیں۔ میرے پاس صرف ایک کیل تھا۔ مگر میں اپنے مقصد میں کامیاب ہو گیا۔ وہاں سے بھاگ نکلا۔

اب کی دفعہ اس زرد پروانہ راہداری کی لعنت تو نہ تھی۔ مگر پیسہ نام تک کو نہ تھا۔ راستہ میں مجھے چند دوست مل گئے جو سب میری طرح ہی تھے۔ یعنی فرار شدہ اس گروہ کے سردار نے مجھے دعوت شمولیت دی جسے میں نے قبول کر لیا۔

عرصہ تک ہم لوگوں کے جان و مال پر اپنی شکم پُری کے لئے ڈاکہ ڈالتے رہے۔ لیکن اب میں بوڑھا ہو چکا تھا۔ میری گرفتاری کے وارنٹ جاری ہو چکے تھے۔ میری تلاش میں سپاہی مصروف عمل تھے۔ میں جھاڑیوں میں چھپ چھپ کر اپنی جان بچاتا۔ مگر پھر بھی آزاد تھا۔ اپنا آقا آپ تھا۔ اس ذلت آمیز زندگی سے یہ ہنگامی زندگی ہزار درجہ بہتر تھی۔

آخر ہر ایک چیز فانی ہے۔ وہ دور عرصہ تک قائم نہ رہ سکا۔ ایک دن بوڑھا اور نحیف ہونے کے سبب بھاگ نہ سکا، پکڑا گیا اور اب اس جگہ لایا گیا ہوں۔"

اس بوڑھے کی کہانی سن کر میں بہت ہراساں اور پریشان ہو گیا۔ وہ اب ہنس رہا ہے۔ نہیں نہیں زور سے قہقہہ لگا رہا ہے۔

اسی اثنا میں وہ میری طرف ہاتھ ملانے کے لئے بڑھا۔ مگر میں ایک کونے کی طرف ہٹ گیا۔

ست! تم تو مجھ سے خوفزدہ ہو رہے ہو۔ کہیں ایسا اس چبوترہ پر نہ کرنا۔ کاش! میں بھی تمہارے ساتھ ہی چلتا۔ خیر ایک ہی بات ہے۔ آج نہیں تو کل سہی۔ لیکن تم میرے دوست نہ بنو گے کیا؟

"جناب! یہ آپ کی عنایت ہے۔" میں نے ڈرتے ہوئے جواب دیا۔

"آخاہ! آپ تو کوئی مار کوئیس معلوم ہوتے ہیں۔ اس شیطان نے میرے جواب پر قہقہہ لگاتے ہوئے کہا۔

"میرے دوست! مجھے اپنے حال پر ہی چھوڑ دو۔ میں خدا جانے کن خیالات میں غرق ہوں۔" میں نے اس کی بات کاٹتے ہوئے کہا۔

میری سنجیدہ گفتگو نے اس پر کچھ اثر کیا۔ اور وہ کچھ عرصہ تک اپنے گنجے سر کو کھجلاتا رہا۔ لیکن تھوڑے عرصہ کے بعد پھر گویا ہوا۔

"جناب آپ امیر آدمی ہیں۔ آپ کے پاس جو یہ بڑا کوٹ ہے آپ کے کسی مطلب کا نہیں۔ اگر مجھے عنایت کر دیں تو میں اسے تمبا کو خریدنے کے لئے بیچ دوں گا۔"

میں نے اپنا کوٹ اتارا اور اسے دے دیا۔ اس پر وہ بچوں کی طرح ناچنے لگا۔ فرط انبساط سے زور زور سے تالیاں بجانے لگا۔ مگر اچانک میری طرف دیکھ کر بولا:

"جناب آپ تو کانپ رہے ہیں۔" یہ کہتے ہوئے اس نے اپنی بھدی اونی جیکٹ اتار کر مجھے پہنا دی۔ جو کچھ بھی ہوا، سب بے خودی کے عالم میں۔ میں دیوار کا سہارا لے کر کھڑا ہو گیا اور اس کی حرکات و سکنات کا بغور معائنہ کرنے لگا۔ وہ میرے کوٹ کو الٹ پلٹ کر دیکھتا رہا۔ اور ہر ساعت کے بعد خوشی کا نعرہ مارتا۔

"جیبیں بالکل نئی ہیں کالر بدستور ویسا ہی ہے۔ اسے فروخت کرنے سے کم از کم پندرہ فرانک حاصل ہوں گے۔ کتنا خوش نصیب ہوں۔ چھ ہفتہ تک تمبا کو پینے کے لئے! یقین نہیں آتا۔"

دروازے پھر کھلا۔ وہ اب اس لئے آئے تھے کہ مجھے اس کمرہ میں پہنچا دیں۔ جہاں کہ مجرم اپنی زندگی کے چند آخری لمحات گذارتا ہے۔ اور اس بوڑھے کو اس جگہ پہنچائیں جسے میں خیر باد کہہ آیا تھا۔

(۲۴)

وہ بوڑھا بدمعاش مجھ سے بڑا کوٹ چھین کر لے گیا ہے۔ چھین کر اس لئے کہ میں نے اسے وہ برضا و رغبت نہ دیا تھا۔ اس کی بجائے یہ بدنما اور بدبودار چیتھڑا دے گیا ہے جس کی شکل سے ہی مجھے نفرت ہے۔ اس ہیئت کذائی میں لوگ مجھے کیا سمجھیں گے۔ میں نے وہ کوٹ خیرات کے طور پر نہ دیا تھا۔ صرف اس لئے کہ وہ مجھ سے طاقتور تھا۔ مجھ سے کہیں زور آور تھا۔ اگر میں کوٹ دینے میں کوئی پس و پیش کرتا تو وہ یقیناً مجھے کاٹتا، میری بوٹیاں نوچ ڈالتا۔

یہ ہے ناتواں اور طاقتور میں فرق۔ آج اسے ایک موقع مل گیا اور اس نے اس سے فائدہ اٹھالیا۔ شاید وہ اس سے خوش ہو گیا ہو۔

مگر! مگر! وہ کچھ بھی ہو، میں حیران ہوں کہ آخر یہ ذلت میں نے برداشت کس طرح کی۔ اگر وہ اب میرے سامنے آئے تو میں اسے پاؤں تلے روند ڈالوں۔ کھا جاؤں! ظالم! سفاک! کمینہ میرے دل میں غصہ اور انتقام کی لہر دوڑ رہی تھی۔

جیل خانہ خصوصاً سزائے موت ایسا ہیبت ناک خیال آدمی کو چڑچڑا اور غصیل بنا دیتا ہے۔

(۲۵)

مجھے انہوں نے اس بد نما کوٹھڑی میں دھکیل دیا ہے جس کے اندر مجھے سوائے چار مرطوب دیواروں یا لوہے کی بڑی بڑی سلاخوں کے اور کچھ نظر نہیں آتا۔

میں نے کرسی و میز اور لکھنے کا سامان مانگا۔ وہ مجھے دے دیا گیا۔ مگر جب میں نے بستر کے لئے درخواست کی تو وہ حیران ہو گئے۔ آنکھیں پھاڑ پھاڑ کر دیکھنے لگے۔ مگر بہت غور و خوض کے بعد وہ بستر اور چارپائی لے آئے۔ مگر کیا دیکھتا ہوں کہ بستر ے کے ساتھ ہی اور شخص بھی چلا آرہا ہے۔ یہ میری جان کا محافظ ہے۔ انہیں ڈر ہے کہ کہیں میں بسترے کی چادر سے اپنا گلا نہ گھونٹ لوں!

(۲۶)

اب دس کا عمل ہے۔

آہ! میری پیاری بچی۔ صرف چھ گھنٹے کا قلیل عرصہ باقی ہے۔ اس کے بعد میں مر جاؤں گا۔ بالکل بے ہوش اور غافل ہوں گا۔ میرا جسم کسی ہسپتال کی ٹھنڈی میز پر پڑا ہو گا۔

ایک فریق کے پاس میرا سر ہو گا۔ اور دوسرے کے پاس میرا دھڑ جس پر بہت بے

رحمی کا عمل جراحی کیا جائے گا۔ اور جب وہ کسی کام کا نہ رہے گا۔ تو کسی گڑھے کے سپرد کر دیا جائے گا۔

تیرے والد کے ساتھ یہ حالت ہو گی۔ میری! کیا سنتی ہو۔ تیرے پیارے والد کے ساتھ ایسا بے رحمانہ سلوک کیا جائے گا۔ ان اشخاص کے ہاتھوں سے یہ چیزیں عمل میں آئیں گی جو مجھے رحم کی نگاہوں سے دیکھتے ہیں جن کی میرے ساتھ کوئی عداوت نہیں۔ جو مجھے موت سے بچا سکتے ہیں۔ وہی اب موت کے گھاٹ اتار رہے ہیں۔ سر قلم کر رہے ہیں۔ صرف اس خاطر کہ دوسروں کے لئے نظریہ عبرت ہو۔ آہ! میرے خدا!! بھولی لڑکی! تیرا باپ جو تجھے جان سے زیادہ عزیز سمجھتا جو تیری ننھی سی سپید گردن کا ہر روز بوسہ لیا کرتا۔ جو بڑے شوق سے تیرے گھنگریالے بالوں میں انگلیوں سے کنگھی کیا کرتا اور جو تجھے اپنے گھٹنوں پر بٹھلا کر تیرے ساتھ پہروں کھیلا کرتا، آج کچھ عرصہ کے بعد بے جان ہو گا۔ تو اسے ہمیشہ کے لئے کھو دے گی۔ اس کی گود سے محروم کر دی جائے گی۔ پھر تیرے لئے یہ سب کچھ کون کرے گا؟ تیرے ہم عمر بچوں کے باپ ہوں گے۔ مگر تو یتیم ہو جائے گی۔ تجھے کرسمس کے تحفے اور خوش نما کھلونے کون لا کر دے گا؟ ہونے والی یتیم لڑکی! تو بغیر باپ کے کس طرح جی سکے گی۔

آہ! اگر تجھے جیوری کے ارکان ایک دفعہ دیکھ لیتے تو' میرے جگر کے ٹکڑے وہ تیرے ساتھ کبھی اتنا ظلم نہ کرتے۔ وہ سمجھ لیتے کہ تین سالہ معصوم بچی کے باپ کو مارنا واقعی ظلم ہے۔

جب میری بڑی ہو جائے گی تو اس کا کیا حال ہو گا؟

اس کے باپ کا نام بچہ بچہ کی زبان پر ہو گا۔ لوگ اسے قاتل اور مجرم کے نام سے پکاریں گے۔ جب وہ میری نسبت ایسے دل شکن الفاظ سنے گی تو لازماً شرمائے گی۔ سوسائٹی

اسے حقارت کی نظر سے دیکھے گی۔ صرف میری خاطر۔اس باپ کی جو اسے جان سے زیادہ عزیز جانتا تھا۔اسے اتنی ذلت برداشت کرنی پڑے گی۔ آہ!میری پیاری میری!کیا یہ سچ ہے کہ تو میرے نام سے نفرت کرے گی۔۔۔۔میرا نام لیتے وقت شرم محسوس کرے گی۔

اف!کیا یہ سچ ہے کہ مجھے آج شام مرنا ہے۔

کیا وہ بدنصیب شخص میں ہی ہوں ؟کیا یہ شور غوغا جو اس وقت میرے کانوں میں سنائی دے رہا ہے۔ان تماشائیوں کا ہے جو میرا سر قلم ہوتے ہوئے دیکھنا چاہتے ہیں ؟

کیا میں نے۔۔۔۔میں نے جو اس وقت اچھا بھلا کرسی پر بیٹھا ہے۔ آزادانہ سانس لے رہا ہے۔۔۔۔جس کے کپڑے سامنے لٹک رہے ہیں، آج شام کو مر جانا ہے؟

(۲۷)

مجھے معلوم نہیں کہ یہ چبوترہ کس طرح تیار کیا جاتا ہے اور کس طرح ایک انسان کو اس پر موت کے گھاٹ اتارا جاتا ہے۔ آہ!وہ منظر کتنا خوفناک ہو گا؟

اس کا خیال کرتے ہی میری رگوں میں خون منجمد ہو جاتا ہے۔میں حیران ہوں کہ میں نے اس کا نام زبان سے کس طرح نکالا۔جب کہ اس خونی چیز کا نام لیتے ہی جان ہوا ہو جاتی ہو۔اور اس کے الفاظ اس کی ظاہراً شکل ہی انسان کو پاگل بنا دیتی ہے۔میں اس کی بابت ایک سوال کرنے کی بھی جرات نہیں رکھتا۔ لیکن یہ سب سے زیادہ خوفناک ہے کہ مجھے معلوم ہے کہ اس تختہ پر میرے ساتھ یہ سلوک کیا جائے گا۔سوائے اس کے مجھے اور کچھ علم نہیں کہ میرے ایسے بدقسمت انسانوں کو پیٹ کے بل اس تختہ پر لٹا دیا جاتا

ہے۔ اور ایک تیز دھار چھرا ان کے سر کو۔۔۔۔

آہ!! اس سے پہلے کہ میرا سر تن سے جدا ہو۔ میرے بال سفید ہو جائیں گے۔

(۲۸)

مجھے اس ہولناک تختہ دار دیکھنے کا اتفاق ہوا ہے۔ ایک روز میری گاڑی اس چوک سے گذر رہی تھی کہ یکلخت ٹھہر گئی۔ میں نے کھڑکی سے باہر جھانکا تو مجھے بہت سے آدمیوں کا گروہ نظر پڑا۔ ان کے درمیان دو شخص ایک بڑا سا چبوترہ بنانے میں مصروف تھے۔ کیونکہ اسی روز ایک مجرم کا گلا کاٹا جانے والا تھا۔

میں نے دوسری طرف دیکھنے کے لئے منہ پھیرا۔ ایک عورت کو اپنے بچے سے مصروف گفتگو پایا۔ "دیکھو۔۔۔۔ یہ چھرا ٹھیک کام نہیں کرتا۔ اس لئے وہ اسے تیل دے رہے ہیں تاکہ اس کے گرنے میں کوئی رکاوٹ نہ پیدا ہو جائے۔"

وہ اس وقت اس چھرے کو تیل دے رہے ہوں گے۔ کیونکہ اب گیارہ بج چکے ہیں اور وقت قریب آ رہا ہے۔

آہ! بدنصیب شخص تو اس چھرے کی ضرب سے اپنا سر نہیں بچا سکتا!!

(۲۹)

آہ! معافی!!

شاید وہ مجھے معاف کر دیں۔ بادشاہ کو میرے خلاف کوئی بغض و عناد نہیں۔ میرے

وکیل کو تلاش کرو! خدا کے لئے جلد تلاش کرو!! اس کا مشورہ حق و صداقت پر مبنی تھا۔ مجھے عمر قید کی سزا قبول کر لینا چاہیے۔ وہ پانچ سال کے لئے ہو یا بیس سال کے لئے۔ اگر عمر بھر کے لئے بھیج دیا جاؤں تو کیا خوب ہو۔ میری زندگی۔ آہ! میری زندگی مجھے واپس دے دو!!

"عمر قیدی" چل سکتا ہے، گفتگو کر سکتا ہے، آفتاب کی جاں بخش شعاعوں کو دیکھ سکتا ہے۔

(۳۰)

پادری میرے کمرے کی طرف آرہا ہے۔ یہ بہت متین صورت اور نیک شخص ہے۔ ابھی کل صبح کا ہی ذکر ہے کہ میں نے اسے قیدیوں کو خیرات دیتے ہوئے دیکھا۔ مگر کیا وجہ ہے کہ اس کا وعظ میرے دل پر کوئی اثر نہیں کرتا۔ کیا وجہ ہے کہ اس کے الفاظ موثر نہیں ہوتے۔ اس کے وعظ کا ایک ایک لفظ بھی میرے لئے کوئی اہمیت نہیں رکھتا۔ جس طرح قید خانہ کے باہر کی کھڑکیوں پر بارش کے قطرے گر کر خشک زمین میں ہمیشہ کے لئے فنا ہو جاتے، اسی طرح اسکے الفاظ میرے کانوں کے پردوں پر ٹکرا کر اس منحوس چار دیواری میں صدا بصحرا ثابت ہوتے۔ میں حسب معمول اس وارفتگی کی حالت میں تھا میرے خیالات طیور آوارہ کی طرح فضا کی بلندیوں میں پرواز کر رہے تھے کہ وہ آیا اور میرے بستر کے قریب بیٹھ کر یوں گویا ہوا۔ "میرے بیٹے۔" ان دو لفظوں نے میرے گم شدہ اور آوارہ خیالات کو یکجا کر دیا۔ میں اب اس کے ہر لفظ کو ہمہ تن گوش ہو کر سننے کے لئے تیار تھا۔

"میرے بیٹے! کیا تم خدا پر ایمان رکھتے ہو؟" پادری نے گفتگو جاری رکھتے ہوئے کہا۔

"مقدس باپ! کیوں نہیں۔"

"کیا تم کیتھولک، اپوسٹل اور رومن گرجاؤں پر ایمان لاتے ہو؟"

"یقیناً! میں ان مقدس جگہوں کا بہت احترام کرتا ہوں۔"

"کہیں جبراً ایسا تو نہیں کہہ رہے؟"

یہ کہتے ہی اس نے ایک لمبی تقریر کرنی شروع کر دی۔۔۔ وہ عرصہ تک بولتا رہا۔۔۔ اپنے اس بیان میں جو کچھ بھی کہا وہ پند و نصائح سے پُر تھا۔

اس وعظ کو ختم کر کے اس نے پہلی مرتبہ میری طرف نگاہیں اٹھائیں۔ اور کہا۔

"تو اب"

اس کے وعظ کو اولاً میں نے ہمہ تن گوش ہو کر سنا۔ ثانیاً میں نے اپنے دل دماغ کے تمام دروازے کھول دیئے تاکہ ایک لفظ بھی سننے سے نہ رہ جائے۔

میں اٹھا اور ادب سے جواب دیا۔ "مقدس باپ مجھے کچھ عرصہ کے لئے تنہائی میں رہنے دیجئے۔ میں اس کے لئے جناب سے معذرت چاہتا ہوں۔"

"تو پھر میں کب واپس آؤں؟" اس نے دریافت کیا۔

"میں آپ کو اس وقت مطلع کروں گا۔"

اس پر وہ خاموشی کے ساتھ سپید سر ہلاتا ہوا باہر چلا گیا۔۔۔ غالباً وہ اس وقت اپنے دل میں یہی کہہ رہا ہو گا۔ "کافر ہے۔"

گو میں اس ذلت آمیز حالت میں زندگی بسر کر رہا ہوں۔۔۔ لوگوں کی نظروں میں حقیر ہوں۔ مگر میرا خدا گواہ ہے کہ مجھے اس بزرگ ہستی پر ایمان ہے۔ مگر آہ! اس

بوڑھے آدمی نے میرے ساتھ کس پیرایہ میں وعظ ونصیحت کی؟

اس وعظ و نصیحت میں جس میں نام تک کو اثر نہ تھا۔۔۔ جو میری آنکھوں سے ایک قطرۂ اشک نہ لا سکی۔۔۔ جس کے کسی لفظ نے میرے دل میں جگہ نہ پکڑی۔ ساون بھادوں کی بارش تھی جو صحرا کی تپتی ہوئی ریت پر چند منٹ پانی برسا کر اس کو ویسے ہی پیاسا چھوڑ گئی۔۔۔ رٹی ہوئی عبارت جسے وہ ایک ہی سانس میں کہہ گیا۔ حالانکہ اس کے برعکس اس کا وعظ موثر اور پر مغز ہونا چاہئے تھا جو سخت سے سخت دل آدمی خوفناک سے خوفناک قاتل کے دل میں فوراً جگہ کر لیتا ہے جو اس کی آنکھوں سے آنسوؤں کا تانتا باندھ دیتا۔۔۔ مگر وہ ایک رٹا ہوا سبق تھا۔ جو اس سے قبل ہزار مرتبہ سنایا جا چکا تھا۔ اس کی آنکھوں، اس کی آواز، اس کے حرکات و سکنات سے وہ چیز ہویدا نہ تھی جس کا میں متوقع تھا۔ اس کا وعظ موثر ہو تو کیوں کر۔ وہ جیل کا پادری ہے جسے ہر روز وہی سبق قیدیوں کو سنانا پڑتا ہے۔ وہ اس طرح بسر اوقات کر رہا ہے۔ قید خانہ زنداں کی تاریک اور مرطوب کوٹھڑیاں اس کی روز مرہ کی گزر گاہیں ہیں۔ عمر قیدی سزائے موت یافتہ مجرم اس کے لئے دو متضاد چیزیں نہیں۔ کاش وہ میری خاطر ایک ایسے پادری کو لائیں جس کے دل میں مجھ بد نصیب کا درد ہو وہ اس کے پاس بغیر کسی اطلاع دیئے جائیں اور کہیں پادری صاحب چلئے آپ کی ایک گنہگار کے لئے ضرورت ہے۔ جو اپنے گناہ بخشوانا چاہتا ہے۔ آپ کو اس وقت موجود ہونا ہو گا جس وقت وہ اس کے ہاتھ رسیوں سے باندھیں گے۔ اس خونی منظر میں بھی آپ کی موجودگی ضروری ہے۔ اس کو گلا کاٹنے والے چبوترہ پر لٹکایا جائے گا۔ آپ کو اس کا سر قلم ہونے سے پیشتر اس کے ساتھ بغل گیر بھی ہونا ہو گا۔"

یہ کہہ کر وہ اگر اسے میرے پاس لائیں۔ اس حالت میں کہ اس کا دل فرط غم سے دھڑک رہا ہو، سر سے پاؤں تک کانپ رہا ہو تو میں اس کے مقدس بازوؤں میں اپنے آپ

کو گرادوں۔ گھٹنوں پر کھڑا ہو جاؤں حتیٰ کہ اپنا سر اس کے قدموں میں رکھ دوں۔ وہ میری حالت پر آنسو بہائے۔ زار و زار روئے۔ میں بھی اشک بہاؤں۔ ہم دونوں مل کر خوب جی بھر کر روئیں۔۔۔۔ اس طرح میرے گناہ آنکھوں کے راستے بہہ نکلیں گے۔ مجھے وہ اطمینان قلب جس کی مجھے عرصہ سے آرزو ہے نصیب ہو جائے گا۔

میں نے غلطی کی ہے اگر میں نے پادری کی شان میں کوئی گستاخانہ کلمہ استعمال کیا، اس حالت میں جبکہ وہ پاک اور نیک ہو، اور میں۔۔۔۔ گنہگار۔۔۔۔ ایک انسان کا قاتل، جو کچھ بھی پادری کے متعلق کہہ چکا ہوں۔ اس کا ذمہ دار مجھے مت گردانئے۔ موت خصوصاً ایسی وحشت ناک موت انسان کو ایسا کرنے پر مجبور کر دیتی ہے۔

وہ ابھی میرا کھانا لائے ہیں۔ بہت ہلکی اور زود ہضم اشیاء ہیں۔ میں نے انہیں کھانا چاہا۔ مگر پہلا لقمہ اٹھاتے ہی مجھے ایسا معلوم ہوا جیسے میں زہر کھا رہا ہوں۔۔۔۔ میں نے کھانے سے ہاتھ اٹھالیا۔

(۳۱)

ایک آدمی ابھی ابھی میرے کمرہ کے اندر آیا۔ اور دیوار کے پتھروں کو ناپنا شروع کر دیا۔ جب میں نے اپنے محافظ سے دریافت کیا کہ وہ شخص کون ہے تو معلوم ہوا کہ وہ جیل کا معمار ہے۔

وہ اپنے کام میں مشغول تھا۔ اسے ہماری موجودگی کا بالکل علم نہیں۔ اس کا غیر معمولی انہاک میرے لئے ایک قسم کی دلچسپی پیدا کر رہا ہے۔

اپنے کام کے دوران میں اس نے ایک دفعہ اپنے سر کو ہلکی سی جنبش دیتے ہوئے

میری طرف نگاہیں اٹھائیں مگر فوراً ہی کچھ بڑبڑاتے ہوئے ماپنے میں مشغول ہو گیا۔

اپنے کام سے فراغت پا کر وہ میری طرف آیا اور بلند آواز میں کہنے لگا، میرے اچھے دوست! چھ ماہ کے بعد اس قید خانہ کی حالت درست ہو جائے گی۔ مگر افسوس ہے کہ آپ اس تبدیلی کو نہ دیکھ سکیں گے۔"

میرے بوڑھے محافظ نے اس کا جواب یوں دیا۔" جناب! کیا آپ کو معلوم نہیں کہ پھانسی کی کوٹھڑی میں بلند آواز سے گفتگو کرنا منع ہے۔"

معمار چلا گیا اور میں۔۔۔

میں ان بے جان پتھروں میں سے

ایک پتھر کی طرح جن کی وہ پیمائش کر رہا تھا، پڑا رہا۔

(۳۲)

وہ آئے اور اس بوڑھے محافظ کی جگہ ایک اور آدمی متعین کر گئے۔ میں اپنے خیالات میں اس قدر کھویا ہوا تھا کہ اسے الوداع کہنا بھول گیا۔

اس پیر مرد کے قائم مقام کے بشرہ سے جہالت اور حماقت کے آثار نمایاں ہیں۔ میں اس کے بارے میں صرف یہی رائے قائم کر سکا، کیونکہ اب پھر انہی ہولناک خیالات میں محو ہو گیا ہوں۔ اور سر کو ہاتھوں میں پکڑے ہوئے کرسی پر بے جان مورت کی طرح بیٹھا آنے والے حادثہ کے متعلق سوچ رہا ہوں۔

اچانک کاندھے پر کسی کے ہاتھ کو محسوس کیا۔ مڑ کر دیکھا تو اپنے محافظ کو کھڑا پایا۔" مجرم! کیا تمہارے پہلو میں حساس دل ہے۔" اس نے مجھے مجرم کے نام سے پکارتے ہوئے

کہا۔

"نہیں۔"

اسے اس نوعیت کے جواب نے جس کا وہ کسی حالت میں بھی متوقع نہ تھا، چونکا دیا۔ اس لئے ہچکچاتے ہوئے کہنے لگا" انسان اس قدر بے رحم نہیں ہوتا جتنا وہ اپنے آپ ظاہر کرتا ہے۔

"کیوں نہیں؟ اگر تمہیں اسی قسم کی گفتگو کرنی ہے تو میں کہوں گا کہ مجھے تنہائی میں ہی رہنے دو۔" آخر اس گفتگو کا مطلب؟"

مجرم! دولت اور خوشی۔ یہ دونوں چیزیں میری غلام ہو سکتی ہیں، مگر تمہارے ذریعے سے۔ دیکھو میں ایک غریب محافظ ہوں، تنخواہ اتنی قلیل ہے کہ میرا گذران مشکل سے ہوتا ہے۔ اسی خاطر میں نے کئی دفعہ لاٹری کی ٹکٹیں خرید کر اپنی قسمت آزمائی کی مگر بے سود۔ اگر ۲۳ نمبر ٹکٹ خریدتا تو ۲۴ نمبر انعام حاصل کر لیتا۔ اس سے رہی سہی پونجی بھی تباہ ہو گئی۔ اب صرف ایک ذریعہ باقی ہے جس کا تمام تر انحصار تمہاری مہربانی پر موقوف ہے۔

تمہیں آج تختہ دار پر لٹکنا ہے۔ یہ ایک مسلمہ امر ہے کہ جو شخص بھی اس طرح جان دیتا ہے اسے مرنے کے بعد لاٹری کے ان ٹکٹوں کے نمبر جن نے انعام پانا ہوتا ہے معلوم ہو جاتے ہیں۔ مجھ سے وعدہ کرو کہ کل شب تمہاری روح مجھے ان ٹکٹوں کے نمبر بتا دے گی۔ یہ معمولی سی بات ہے جبکہ میں بھوتوں سے خائف نہیں ہوں۔ میرا پتہ بھی بطور یادداشت رکھ لو۔ ویسے بھی تم مجھے پہچان سکو گے۔ کیا نہیں؟

اس خرافات کا جواب میں نے کچھ اور ہی دیا ہوتا۔ مگر اس وقت میرے دل میں امید کی ایک موہوم سی کرن پیدا ہو گئی۔۔۔ موجودہ حالت میں ایسی امیدوں کا پیدا ہونا

باعث تعجب نہ تھا۔

" سنو! میں تمہیں اس سے زیادہ امیر و کبیر بنا سکتا ہو۔ مگر ایک شرط پر۔" میں نے اس سے کہا۔

اس پر اس کی آنکھیں فرط حیرت سے کھلی کی کھلی رہ گئیں۔ کیا؟ کیا؟ وہ شرط کیا ہے۔" اس نے چلاتے ہوئے کہا۔

"تم میرا کوٹ پہن لو اور اپنا کوٹ مجھے دے دو۔"

" صرف اتنی سی بات؟" اس نے کوٹ کے بٹن اتارتے ہوئے کہا۔ میں کرسی سے اٹھا اور اس کی حرکات دھڑکتے ہوئے دل سے مطالعہ کرنے لگا۔ میں نے ابھی سے یہ تصور باندھ لیا کہ جب میں نے اس محافظ کی وردی پہنی ہو گی تو جیل کے تمام دروازے میرے لئے کھلے ہوں گے اور پھر میں اس منحوس جگہ سے کوسوں دور ہوں گا۔ لیکن وائے حسرتا! وہ اچانک میری طرف مڑا اور کہنے لگا:۔

لیکن! کیا یہ کوٹ اس جگہ سے فرار ہونے کے لئے تو نہیں چاہتے؟" اس کا کہنا ہی تھا کہ میری آنکھوں کے سامنے اندھیرا چھا گیا۔ امید کا وہ موہوم خیال نیست و نابود ہو گیا۔۔۔ مگر میں نے بے وقوفوں کی طرح آخری کوشش کی اور کہا" مگر تمہیں دولت بھی تو مل جائے گی۔"

" نہیں! نہیں! میں ایسی دولت نہیں چاہتا۔ تمہیں ضرور مرنا چاہیئے۔۔۔ اس نے قطع کلامی کرتے ہوئے کہا۔

میں۔۔۔ شکست امید۔۔۔ بدنصیب پھر انہی خیالات میں غرق ہو گیا

میں نے آنکھیں بند کرلیں۔ چہرے کو ہاتھوں سے ڈھانپ لیا۔ اور حال کو مستقبل میں محو کرنا چاہا۔

عہد طفولیت اور جوانی کے گذرے ہوئے پیارے ایام کا تصور میرے مجروح دماغ میں ان شگفتہ، ترو تازہ غنچوں سے لدے ہوئے جزیروں کی طرح ہے جو کسی سیاہ سمندر سے گھرے ہوئے ہوں۔۔۔ کتاب طفولیت کی ورق گردانی کر رہا ہوں۔ جب کم سنی میں ہرے بھرے کھیتوں میں قلابازیاں لگاتا، ہنستا، دوڑتا، رنج و فکر سے آزاد کھیل کود میں مصروف ہوتا۔

چار سال کے بعد بھی وہی بھولا اور معصوم بچہ تھا۔ مگر فرق اتنا کہ کسی خوبصورت باغ میں میرے پاس ایک رفیق تنہائی بھی تھا۔۔۔ ایک نو عمر لڑکی بڑی بڑی آنکھوں اور شب دیجور ایسی سیاہ بالوں کی مالکہ، چودہ کا سن، غضب کا جوبن، لب لعلیں اور سرخ رخسار جس کی نزاکت اور خوبصورتی گلاب کو شرمندہ کر رہی تھی۔

ہماری مائیں ہمیں سیر کرنے کے لئے بھیجتیں۔ لیکن ہم سیر کی بجائے خلوت میں باتیں کرتے۔۔۔ باتیں۔۔۔ میٹھی میٹھی باتیں۔ میرا اور اس کا جھگڑا ہر روز ایک نکمّے سیب پر ہوتا۔ وہ رو پڑتی اور اپنی ماں کے پاس شکایت کرنے چلی جاتی۔ مگر ایک سال بعد وہ میرے بازو کا سہارا لئے کھڑی تھی اور میں پُر فخر آدمی کی طرح اپنے دل میں جذبات اور محبت کا ہجوم لئے ہوئے اس کی شوخ نظروں کی طرف دیکھ رہا تھا۔ ہم آہستہ آہستہ ٹہلتے، آہستہ بولتے۔ میں اس کے لئے پھول اکٹھے کرتا۔ اور جب ہم ملتے تو فرط محبت سے ہمارے ہاتھ کانپتے۔ وہ میرے ساتھ پرندوں۔ نیلے آسمان اور قدرت کی دیگر نیرنگیوں کی بابت سیمیں آواز میں گفتگو کرتی! ہم دنیا سے بے خبر اپنی دھن میں محو ہوتے۔ معصومانہ

گفتگو کرتے، مگر وہ اچانک شرما جاتی۔۔۔کل کی بھولی بھولی بچی اب جوان ہوگئی تھی۔

بازو میں بازو ڈالے ہم شاہ بلوط کے بلند اور تناور درختوں کی اوٹ میں گلگشت کرتے کہ وہ اچانک چپ سی ہو جاتی۔ میرے بازوؤں سے اپنے بازو کو ہٹا لیتی اور کہنے لگتی "آؤ ہم دوڑیں۔"

اس کی تصویر اب بھی آنکھوں کے سامنے پھر رہی ہے۔ اس کے دماغ میں بچوں جیسا خیال آگیا تھا، اور کہا تھا "چلو ذرا دوڑیں۔"

وہ میرے آگے آگے دوڑنا شروع کرتی۔ ایسا کرتے وقت اس کی نازک کمر سانپ کی طرح بل کھا رہی ہوتی۔ کبھی کبھی باد نسیم کے جھونکے گستاخانہ انداز میں اس کے مرمریں جسم کو برہنہ کر دیتے۔

آخر کار میں اسے پکڑ لیتا۔ اور بیدار بخت فاتح کی طرح اس کو بنچ پر بٹھا دیتا۔ سرتاپا تبسم۔ ہانپتی ہوئی میری طرف دیکھ کر کہنے لگتی: ابھی تو دن کی روشنی باقی ہے۔ آؤ کچھ پڑھیں۔"

میں اس کے پہلو میں بیٹھ جاتا، اور ہم کتاب کھول کر پڑھنے لگتے۔ ورق کو الٹنے سے پیشتر اسے میرا انتظار کرنا پڑتا، وہ مجھ سے کہیں زود خواں تھی۔

"صفحہ ختم کر لیا؟" وہ مجھ سے کہتی۔ حالانکہ میں نے ابھی پڑھنا ہی شروع کیا ہوتا۔ تب ہمارے سر آپس میں مل جاتے۔ ہمارے بال آپس میں آنکھ مچولی کھیلنا شروع کر دیتے۔ ہمارا سانس ایک دوسرے سے مل جاتا۔ ہمارے ہونٹ آپس میں پیوست ہو جاتے۔۔۔اور جب ہم اس نشہ کے خمار سے ہوش میں آتے تو آسمان جگمگاتے ہوئے تاروں سے مزین ہوتا۔

"اوہ! امی۔ اگر تمہیں معلوم ہو کہ ہم نے آج کی سیر سے کس قدر لطف اٹھایا۔!"

وہ واپسی پر اپنی ماں سے کہتی۔

"مگر تم چپ چپ سے ہو۔" میری والدہ کہتی۔ اسے کیا معلوم تھا کہ میرے دل میں اس وقت جنت آباد ہوتی۔ میرے ایسا اور کوئی شخص اس وقت روئے زمین پر نہ ہوتا۔

یہ ان پیاری شاموں سے ایک شام ہے جس کی یاد میرے دل سے کبھی محو نہیں ہو سکتی۔۔۔۔ جسے میں تمام عمر نہ بھولوں گا۔

(۳۴)

گھڑی کچھ بجا رہی ہے مجھے معلوم نہیں کیا؟

مجھے اس وقت سنائی نہیں دیتا۔ کیونکہ کانوں میں عجب شور برپا ہے جیسے تمام گرجا گھروں کے گھڑیال ایک ساتھ بج رہے ہوں۔ اس کی وجہ خیالات کی پریشانی اور موت کا خوف ہے۔ اس وقت جبکہ میں اپنی زندگی کے گم شدہ اوراق کی ورق گردانی کر رہا ہوں۔ ان دلچسپ اور لطیف ابواب کا مطالعہ کر رہا ہوں۔ میرے دل میں یکایک اس خون کا خیال آیا جس سے میں نے اپنے ہاتھ رنگے تھے۔ اف! اس کا خیال کرتے ہی کانپ جاتا ہوں۔ میں اپنے کئے پر نادم ہوں، مگر اس ندامت سے مجھے ابھی تک پوری تشفی حاصل نہیں ہوئی۔ اس سے دوگنی عمر بھی اگر بحر ندامت میں ڈوبا رہوں، توبہ کروں، خدا کے حضور میں گڑگڑاؤں تو بھی ناکافی ہے۔

مگر موجودہ حالت میں گناہوں کے اعتراف کا کیا موقع؟ میری زندگی اور موت کے درمیان صرف چند گھنٹوں کا فاصلہ باقی ہو۔۔۔۔

اب بھی یہی خواہش ہے کہ جی بھر کر اشک ندامت بہاؤں۔ اپنے گناہوں کی تلافی

کے لئے ہر ممکن کوشش کروں۔ مگر، مگر، اپنی زندگی کے خاتمہ کو نزدیک آتے دیکھ کر گناہوں کی تلافی تو درکنار اوسان ہوا ہوئے جاتے ہیں۔

اس لطیف زمانہ اور اس ذلیل زندگی میں ایک خون کی۔۔۔ میرے اور مقتول کے خون کی ندی حائل ہے۔ ایک زمانہ کے بعد جن اشخاص کو اس سوانح کے پڑھنے کا اتفاق ہو گا۔ وہ کبھی بھی باور نہ کریں گے کہ ان کا آغاز جرم سے شروع ہوا اور انجام گلا کاٹنے والے چبوترہ پر۔ آہ! کچھ دیر کے بعد مرنے کا خیال خصوصاً اس وقت جبکہ وہی بدقسمت انسان اس سے ایک سال قبل معصوم اور آزاد ہو، موسم بہار میں باغوں کی سیر کرتا ہو، درختوں کے جھنڈ تلے اس حادثہ جاں کاہ سے بے خبر راگ الاپ رہا ہو۔ اف!! ناقابل برداشت خیال!!!

(۳۵)

یہ خیال کرتے ہوئے کہ لوگ گلی کوچوں میں محو خرام، محو تکلم، خندیدہ نظر آتے ہوں گے۔ اخبارات کے مطالعہ میں مصروف ہوں گے۔ دکاندار خرید و فروخت میں مشغول۔ نوجوان لڑکیاں ناچ کے لئے نیا لباس پہن رہی ہوں گی اور مائیں اپنے بچوں کے ساتھ کھیل میں مصروف۔ اور میں۔۔۔ میں اس منحوس جگہ میں مقید۔ آہ!

(۳۶)

مجھے یاد ہے کہ بچپن میں ایک دفعہ میں (نوترے دیم) گرجا کا گھنٹہ گھر دیکھنے گیا تھا۔

میں آہستہ آہستہ تاریک سیڑھیوں کے ذریعے گھڑیال تک جا پہنچا۔۔۔ تمام پیرس میرے قدموں میں تھا۔ اچانک گھڑیال بجنا شروع ہوا۔ اس کے شور سے ایسا معلوم ہونے لگا کہ دیواریں ہل رہی ہیں۔ میں خوفزدہ ہو کر دیوار کے ساتھ لگ گیا۔ میرے کان شور سے پھٹے جاتے تھے۔ یہی معلوم ہو رہا تھا کہ اب گرا، اب گرا۔

آج بھی یہی معلوم ہوتا ہے کہ اسی گھنٹہ گھر میں ہوں۔ میرے ہوش و حواس جواب دے رہے ہیں۔ میں اس جگہ سے محروم کر دیا گیا ہوں جہاں دیگر انسان آزادانہ پھر رہے ہیں۔

(۳۷)

سامنے والی عمارت ایک ہوٹل ہے جس کی ڈھلوان چھت۔ لاتعداد کھڑکیاں۔ مسلسل دیواریں۔ بھدی سیڑھیاں شکستہ محرابیں۔ عجب گھناؤنا اور خوفناک منظر پیش کر رہی ہیں۔ اس قدر سیاہ عمارت کہ دن کی روشنی میں بھی اس کی سیاہی میں کوئی کمی واقع نہیں ہوتی۔ یہ وہ جگہ ہے جہاں سزائے موت یافتہ مجرم اپنی زندگی کے چند لمحات گذارتا ہے۔۔۔ جہاں محافظ اور دیگر ارکان جیل رہتے ہیں۔

اس خونی دن جب مجرم کی گلوبریدی ہوتی ہے۔ یہ منحوس عمارت ان محافظوں کی آنکھوں سے اس منظر کا تماشا کرتی ہے۔

اس کے باہر رات کو روشنی کرنے کا کوئی انتظام نہیں۔۔۔ اگر کوئی روشنی ہے تو اس چراغ کی جو گھڑی کے ڈائیل کے پیچھے جلتا ہے تاکہ لوگ وقت دیکھ سکیں۔

(۳۸)

سوا ایک کا وقت ہے۔

میں اس وقت مندرجہ ذیل ذہنی اور جسمانی تکالیف سہ رہا ہوں۔ میرے سر میں شدت کا درد ہو رہا ہے۔ میرے جسم کا رواں رواں درد کر رہا ہے۔ میری پیشانی آگ کی طرح تپ رہی ہے۔ اٹھتے بیٹھتے ایسا محسوس ہوتا ہے جیسے دماغ پھٹ رہا ہو۔ کنپٹیوں پر خون کی گردش اس قدر تیز ہے کہ کانوں میں عجب عجب آوازیں سنائی دے رہی ہیں۔ میرے ہاتھ پاؤں کانپ رہے ہیں۔ لکھتے وقت قلم ہاتھ سے گر گر پڑتا ہے۔ آنکھوں میں سے چنگاریاں نکل رہی ہیں۔ بازو جواب دے رہے ہیں۔ صرف دو گھنٹے اور باقی ہے ں۔ اس کے بعد تمام تکالیف کا خاتمہ ہو جائے گا۔

(۳۹)

ان کا خیال ہے کہ اس نوعیت کی سزا کوئی تکلیف دہ نہیں۔ یعنی گلو بریدی مجرم کے لئے زیادہ اذیت رساں نہیں ہوتی۔

آہ! مگر وہ خدارا یہ تو بتلائیں کہ وہ ان چھ ہفتوں کے دکھ کو جن میں عمر بھر کے رنج و آلام یکجا کر دیئے ہوئے ہیں۔۔۔۔ اس یوم کی روح فرسا یاد کو جس کا خیال کرتے ہی بال سفید ہو جاتے ہیں کیا نام دیتے ہیں؟۔۔۔ غم و اندوہ کی سیڑھی کو جس کا خاتمہ اچانک موت کے چبوترے پر ہوتا ہے۔ کیا پکارتے ہیں؟

جسم کو خون کے آخری قطرہ سے محروم کر دینا اور ذہن کو آہستہ آہستہ خیالات سے

عاری کر دینا دو متضاد چیزیں نہیں۔ جسمانی موت۔۔۔۔ اور۔۔۔۔ ذہنی موت مگر وہ پھر بھی مصر ہیں کہ یہ سزا تکلیف دہ نہیں۔ مگر اللہ وہ یہ تو بتلائیں کہ آخر انہیں یہ کیونکر معلوم ہوا۔

کیا یہ انہیں مجرم کے کٹے ہوئے سر سے معلوم ہوا؟ یا موت کے بعد مجرم ان کا شکریہ ادا کرنے آئے۔ اور کہا" جناب یہ سزا بالکل تکلیف دہ نہیں۔ خوب اختراع ہے۔ آپ اس پر بھروسہ رکھیں۔ بس ایک ہی لمحہ میں کام تمام ہو جاتا ہے۔ اس سے کیا یہ ایجاد روبسپیری کی ہے یا لوئی پانزدہم کی؟

کچھ بھی ہو۔ ہے خوب! بس ایک منٹ میں ہی اپنا خونیں کام کر جاتی ہے۔ ان میں سے آج تک کسی نے بھی اس شخص کی تکالیف کا بغور مشاہدہ نہیں کیا۔ جو اس چبوترہ پر لیٹا چھرے کی بھاری ضرب کا منتظر ہوتا ہے۔۔۔ اس تیز چھری کی ضرب کا یہ جو ایک لمحہ میں اس کی گردن کی نسیں چیرتی ہوئی حلقوم تک جا پہنچے گی۔ اور گردن کو تن سے جدا کر دے گی۔

سچ ہے تکلیف واقعی نہیں ہوتی!!

درد موت کے ہولناک خیال سے مغلوب ہو کر اپنا اثر زائل کر دیتا ہے۔

(۴۰)

میرا ذہن بار بار بادشاہت کی طرف منتقل ہوتا ہے۔ میں اپنے ہر فعل میں بادشاہ کے وجود کو متصور پاتا ہوں۔ میرے قلب کی عمیق ترین گہرائیوں سے یہ صدا اٹھ رہی ہے:

"اسی قریہ میں اسی ساعت اسی جگہ کے قریب محل میں ایک اور ہستی ہے جس کے دروازوں پر محافظ پہرہ دے رہے ہیں۔ اس میں اور تم میں اتنا فرق ہے کہ وہ جس قدر بلند ہے تم اسی قدر پست ہو۔

اس کی محفل حیات سے مزین ہے۔ شوکت سے سطوت اور احترام سے۔ اس کے سامنے بڑے بڑے شوریدہ سر اپنے سروں کو جھکا دیتے ہیں۔ اس کا ماحول زریں اور سیمیں ہے۔ اس وقت وہ اپنے وزراء سے کسی مشاورت میں مشغول ہو گا۔ جہاں اس کی رائے سب کی رائے ہو گی۔ یا وہ فردا کے پیام عیش و سرور کا منتظر ہو گا۔ وہ دوسروں کی تکالیف سے اپنی راحت حاصل کر سکتا ہے۔

اس انسان کی تخلیق بھی اسی آب و گل سے ہے جس سے تو بنایا گیا ہے۔ وہ میری موت کے احکام کو اپنے نام کے ساتھ حروف سے مبدول بہ حیات کر سکتا ہے۔ وہ اچھا ہے اور میں بُرا۔

(۴۱)

آیئے! موت کا خیال کیجئے۔ یہ کیا ہے؟ کس کی تلاش میں ہے؟ اس مسئلہ کے اعماق کا اندازہ لگایئے۔ مرقد کی طرف دیکھئے۔

ایسا معلوم ہوتا ہے کہ مرنے کے بعد میری روح منور فضاؤں میں پرواز کرے گی۔ آسمان بجائے نیلگوں ہونے کے سنہری ہو گا۔ اور ستارے اس سنہری پردہ پر سیاہ داغ ہوں گے۔ یا میں کسی تاریک غار میں دھکیل دیا جاؤں گا۔ ہو سکتا ہے کہ میرا سر تن سے جدا ہونے کے بعد ایک میدان کا رخ کرے۔ جہاں اسی قسم کے دوسرے سر موجود ہوں۔

جب کبھی میری آنکھیں کھلیں گی۔ تو سوائے سیاہ آسمان کے انہیں کچھ نظر نہ آئے گا۔ انہیں رات کے وقت سرخ ذرات بھی نظر آئیں گے۔ مگر مجھ تک پہنچتے ہی وہ آتشی طیور بن جائیں گے۔ تواتر و تسلسل غیر مختتم ہو گا۔

کبھی کبھی ایسا بھی ہو گا کہ سزائے موت کے تمام مجرم مجتمع ہو کر ایک جماعت کی صورت اختیار کریں گے۔ وہاں تختہ دار بھی ہو گا اور جلاد بھی۔ شیطان اسی تختہ دار پر اسی جلاد کو لٹکائے گا۔ جس کے ہاتھوں سے ہم مرے ہوں گے۔۔۔۔ اور ہم سب اس کے گرداگرد اس منظر کا تماشا کرتے ہوں گے۔ یہ سب کچھ چار بجے صبح ہو گا۔

اگر مردوں کو دوبارہ زندگی بخشی جائے تو وہ کس صورت میں ہو گی۔ جسم کے علیحدہ علیحدہ حصوں کو کون یکجا کرے گا؟

آہ! موت ہماری روح کے ساتھ کیا کرتی ہے؟

کیا "موت" نے کبھی اپنے مکان زمین کے شکاروں پر آنسو بہائے ہیں؟

آہ! پادری۔۔۔۔ ایک پادری جو یہ سب کچھ جانتا ہو۔ پادری اور صلیب میرے خدا!!

(۴۲)

میں نے سونا چاہا۔ اس لئے بستر پر لیٹ گیا۔ خون کے دوران کی تیزی۔ وارفتگی اور پریشاں خیالات نے مجھے تھپکی دیتے ہوئے سلا دیا۔ نہیں بیہوش کر دیا۔ یہ بیہوشی میری آخری نیند ہے۔ اسی بے خودی میں ایک خواب دیکھا کہ رات ہے اور میں دو تین دوستوں کے ساتھ اپنے کمرے میں بیٹھا باتیں کر رہا ہوں۔ باتیں جو ہولناک اور روح فرسا ہیں۔

اچانک میں نے دوسرے کمرے میں کچھ آواز سنی۔ آواز جو کسی دروازے کی چٹخنی کھولنے سے پیدا ہوتی ہو۔ اس خوفناک آہٹ نے ہم سب کے اوسان خطا کر دیئے۔ ہمارے خون کو رگوں میں منجمد کر دیا۔ ہم نے یہی خیال کیا کہ چور گھر میں گھس آئے ہیں۔ اس لئے ہم اس کی جستجو کے لئے اٹھے۔ میں شمع لئے سب کی پیش قدمی کر رہا تھا۔

ہم کمرۂ شب خوابی سے گذرے۔۔۔ وہاں میری بیوی اپنی بچی کو پہلو میں لٹائے سو رہی تھی۔ اس سے گذرتے ہوئے ہم بڑے کمرہ میں پہنچے مگر وہاں بھی اس اسرار کا سراغ ہاتھ نہ لگا۔ خیال آیا کہ شاید کمرہ طعام میں ہی سے گوہر مقصود حاصل ہو جائے۔ لہٰذا اس طرف قدم بڑھائے۔

کانپتے ہاتھوں سے میں نے دروازہ کو آہستہ آہستہ وا کیا، حیرت کی کوئی انتہا نہ رہی جب ایک معمر عورت کو فوق الفطرت حالت میں دیوار کے ساتھ کھڑا پایا۔ بے جان تصویر کی طرح بے حس و حرکت دیوار سے چسپاں۔

اس کی موجودہ ہیئت کذائی اس قدر وحشت خیز تھی کہ اس کا خیال کرتے ہی رونگٹے کھڑے ہو جاتے ہیں۔

"کیا کر رہی ہو تم۔" میں نے بالآخر جرات سے کام لیتے ہوئے کہا۔ وہ خاموش رہی۔

"تم کون ہو؟" میں نے چلاتے ہو کہا۔

مگر وہ پھر نہ بولی، اور آنکھیں بند کئے ویسے ہی جمی رہی۔ میں نے اس سے دوبارہ سہ بارہ سوال کیا مگر بے سود۔ ایک نے تنگ آ کر اسے دھکا دیا۔ اسے دھکیلنا ہی تھا کہ وہ بے جان گھڑی کی طرح زمین پر آ رہی۔

اس حادثہ نے ہمارے رہے سہے حواس گم کر دیئے۔ وہ کیا مُردہ تھی؟"

"اس کی ٹھوڑی کو ذرا شمع کی لو تو دکھلاؤ۔؟" مجھے ایک دوست نے رائے دی۔ میں

نے اس کے کہے پر عمل کرتے ہوئے اس معمر عورت کی ٹھوڑی کے نیچے شمع رکھ دی۔ اس پر اس نے ایک آنکھ کھولی۔ آنکھ۔۔۔وہ خوفناک آنکھ جو بینائی سے محروم تھی۔

"تم کون ہو؟ شیطان کی خالہ۔" میں نے اسے دریافت کیا مگر یہ کہنا ہی تھا کہ اس نے آنکھ بند کرلی۔

"پھر اس عمل کو دہراؤ۔" میرے دوستوں نے کہا۔ جو اس معمہ کو حل کرنے کے لئے بہت بے چین تھے۔

میں نے پھر شمع اس کی ٹھوڑی کے نیچے رکھ دی۔ اس دفعہ اس نے دونوں آنکھیں کھول دیں۔ مگر برق ایسی تیزی سے آگے بڑھی اور شمع کو گل کر دیا۔

قیامت کی تاریکی چھا گئی۔۔۔ اسی وقت میرے بازو میں کسی کے تین دانت پیوست ہوگئے۔۔۔ فرط خوف سے میں بیدار ہو گیا۔

پادری میرے سرہانے بیٹھا دعا پڑھ رہا تھا۔

"میں زیادہ سویا ہوں کیا؟"

"میرے بیٹے! تم نے صرف ایک گھنٹہ نیند کی ہے۔ ماما تمہاری لڑکی کو ملحقہ کمرے میں لئے تمہارا انتظار کر رہی ہے۔"

آہ! میری لڑکی! میرے جگر کا ٹکڑا کیا؟ خدا کے لئے اسے جلد میرے پاس لاؤ۔"

(۴۳)

نازک کلی۔۔۔ معصومیت کی تصویر۔۔۔ میرا لخت جگر۔۔۔ میری بھولی بچی میری اپنی ماما کے ساتھ میرے کمرے میں آئی۔

تتلی ایسے خوبصورت لباس میں کیسی بھلی معلوم ہو رہی ہے۔ میں نے اسے گود میں اٹھا کر اس کے بالوں کو چومنا شروع کر دیا۔ کبھی اسے چھاتی سے لگاتا۔ نازک رخساروں کا بوسہ لیتا۔ بھینچ لیتا۔ میری ان حرکات سے حیران اپنی ماما کی طرف دیکھ رہی ہے۔ جو کونے میں اس منظر سے متاثر کھڑی آنسو بہا رہی ہے۔

"میری! میری پیاری میری۔" یہ کہہ کر میں نے اسے اپنے رنج و الم سے پر چھاتی سے زور کے ساتھ بھینچ لیا۔

"آہ! جناب! آپ مجھے تکلیف دے رہے ہیں۔" میری نے ہلکی سے چیخ مارتے ہوئے کہا۔

جناب؟ آہ! بلند آسمان! اسے مجھ سے جدا ہوئے قریباً ایک سال کا عرصہ ہو گیا ہے۔ وہ مجھے بھول گئی۔ اس کے ذہن سے باپ کی شکل و شباہت اور آواز محو ہو گئی۔ اس کے علاوہ مجھے اس ہیئت کذائی میں پہچاننا بھی تو دشوار تھا۔ لمبی سی ڈاڑھی۔ یہ ذلیل لباس۔ اف!! کیا میری تصویر اس کے ذہن سے اتر گئی ہے؟ جس میں میں اسے منقش کرنا چاہتا تھا۔

کیا میں اپنی بیٹی سے اسی پیارے اور شیریں لہجہ میں باپ کہتے ہوئے نہ سنوں گا اف! دماغ پھٹا جاتا ہے۔ دل ٹکڑے ہوا جاتا ہے۔ جناب؟ اف!! یا میرے خدایا!!

آہ! میں اپنی چالیس سالہ زندگی کے بدلے صرف ایک چیز کا خواہش مند ہوں ۔۔۔۔ اپنی موت کے عوض صرف ایک کلمہ سننا چاہتا ہوں۔ اپنی پیاری بیٹی کے منہ سے صرف باپ کا لفظ!

"دیکھو میری! کیا تم مجھے جانتی ہوں؟" میں نے اس کے ننھے اور سپید ہاتھ آپس میں جوڑتے ہوئے کہا۔

میری طرف چمکتی ہوئی نگاہوں سے دیکھ کر بولی "جی نہیں"

"میری غور سے دیکھو میں کون ہوں؟"

"شریف آدمی۔" اس نے بھولے پن سے جواب دیا۔

آہ! جس ذات سے میری تمام خواہشیں اور مسرتیں وابستہ ہیں۔ جو میری محبت کا مرکز ہے۔ میرے سامنے بیٹھی باتیں کر رہی ہے۔ مگر مجھے نہیں پہچانتی۔ اپنے تیرہ بخت باپ کی صورت سے ناآشنا ہے۔

میں اس سے تسکین قلب کا خواہاں ہوں۔ مگر وہ اس سے بے خبر ہے۔ نہیں جانتی کہ اس کے والد کو جس کی موت میں صرف چند گھنٹے باقی ہیں۔ اس کے منہ سے صرف ایک کلمہ سننے کی خواہش ہے۔

"میری! کیا تمہارا باپ ہے؟"

"جی ہاں"

"تو پھر وہ کہاں ہے۔"

وہ اس کا جواب دینے سے قاصر رہی۔

"تمہیں معلوم نہیں کہ وہ مر گیا ہے۔" یہ کہنا ہی تھا کہ وہ رونے لگ پڑی۔

"مر گیا ہے! میری کیا تمہیں معلوم ہے کہ مرنا کسے کہتے ہیں؟"

"جی ہاں! وہ آسمان پر ہیں۔ میں ان کے لئے اپنی امی کے ساتھ ہر روز دعا مانگا کرتی ہوں۔"

اس نے جواب دیا۔

"میری! وہ دعا تو سناؤ۔"

"نہیں جناب دعا تو رات کے وقت مانگی جاتی ہے نہ کہ دوپہر کے وقت۔ اگر آپ کو

سنئی ہو تو کسی دن رات کو میرے گھر آیئے۔

بس! بس! یہ لفظ میرے مجروح دل کی نمک پاشی کے لئے کافی ہیں۔ میں اور کچھ سننا نہیں چاہتا۔

"میری! میں تمہارا باپ ہوں" میں نے گفتگو کا رخ بدلتے ہوئے کہا۔

"ہاں؟" میری نے حیرت سے کہا۔

"کیا میں تمہیں پسند نہیں؟"

"نہیں جناب! میرا باپ تو بہت خوبصورت تھا۔"

میں نے اس کے چہرے کو اپنے آنسوؤں اور لگا تار بوسوں سے تر کر دیا۔ وہ گھبرائی اور چیختے ہوئے کہنے لگی۔

آپ تو میری گالیں اپنی ڈاڑھی سے چھیل رہے ہیں۔"

میں نے اسے اپنے گھٹنوں پر بٹھلا لیا اور کہا "میری کیا تم پڑھ سکتی ہو؟"

"میں پڑھ سکتی ہوں۔ امی ہر روز پڑھایا کرتی ہیں۔"

"اچھا تو یہ پڑھو۔" میں نے اس کے ہاتھ سے ایک چھپا ہوا کاغذ لیتے ہوئے کہا جس سے وہ غالباً کھیل رہی تھی۔ اس نے کاغذ کو کھولا اور ننھی سی انگلی رکھتے ہوئے لفظوں کے ہجے کرنے لگی۔ ف، ت، فت۔ و، ی، وی۔ م، و، مو۔ت موت۔ فتویٰ موت۔ میں نے اس کے ہاتھ سے کاغذ چھین لیا۔ وہ میری سزائے موت کا فتویٰ پڑھ رہی تھی۔ جو بازار سے ایک پیسہ میں بک رہا تھا۔ اس نے اسے غالباً اپنی ماما سے لیا ہوگا۔

اس وقت میرے دل کی جو حالت ہوئی وہ احاطہ تحریر سے باہر ہے۔

"مجھے میرا کاغذ دے دو" میری چلا کر کہنے لگی۔

خدا کے لئے لے جاؤ اسے۔" یہ کہہ کر میں کرسی پر گر پڑا۔ اب مجھے کسی کا خوف

نہیں جبکہ میرے بربط دل کا آخری تار بھی ٹوٹ گیا ہے۔ میں موت کا مردانہ وار مقابلہ کرنے کے لئے تیار ہوں۔

(۴۴)

پادری اور محافظ دونوں بہت رحم دل ہیں۔ مجھے یقین ہے کہ جس وقت میں نے اپنی لڑکی کو واپس بھیجا تو پادری کی آنکھیں نمناک تھیں۔

خیر! یہ تو سب کچھ ہوا۔ مگر مجھے اب تختہ دار اور جلاد کے لئے گردن اور تماشائیوں کے لئے دل کو مضبوط کر لینا چاہئے۔

میرے پاس ان چیزوں پر غور کرنے کے لئے ابھی ایک گھنٹہ باقی ہے۔

(۴۵)

اس خونیں منظر کو دیکھنے کے لئے بہت سے لوگ جمع ہوں گے، گلے کاٹنے کا چبوترہ ان کے لئے موجب فرحت وانبساط ہو گا۔ مگر وہ اس حقیقت سے بے خبر ہیں کہ ان تماشا کرنے والوں میں سے جو اس وقت آزادانہ طور پر چل پھر رہے ہیں، کئی ایسے بد قسمت شخص ہوں گے جو میری طرح اس تنگ و تاریک کوٹھڑی میں قید کر دیئے جائیں گے جن کا سر میری طرح اسی خونیں چبوترہ پر قلم کیا جائے گا۔ بیہوش! غافل!!

(۴۶)

ننھی میری اب گاڑی میں گرجا جارہی ہو گی۔ وہ کھڑکی سے اس گروہ کا تماشہ دیکھے گی تو اس "شریف آدمی"۔۔۔ آہ! مجھ بدبخت باپ کو بالکل بھول جائے گی۔

اگر مجھے وقت ملا تو میں اس کے لئے ضرور کچھ نہ کچھ قلم بند کروں گا۔ شاید وہ تحریر آج نہیں دس سال بعد اس کو خون کے آنسو رلائے۔

جب وہ میری سوانح حیات پڑھے گی۔ تو خود بخود سمجھ لے گی کہ اس کے حقارت سے دیکھے جانے کا سبب کیا ہے۔ بھولی لڑکی۔ کاش وہ اپنے والد کی گود میں کچھ دیر اور کھلتی!!

(۴۸)

ہوٹل دی ویل کا ایک کمرہ۔

ہوٹل دی ویل! میں یہاں ہوں۔ پُر از مصائب سفر ختم ہو چکا ہے۔ قتل گاہ میرے سامنے ہے کھڑکی کے نیچے تماشائیوں کا انبوہ کھڑا ہے۔ جو میری صورت دیکھنے کا بے حد منتظر ہے۔

جب میں نے تختہ دار کو دیکھا۔ تو میرے اوسان خطا ہو گئے۔ میں نے آخری گفتگو کرنی چاہی۔ انہوں نے اس مطلب کے لئے ایک وکیل کو بلا بھیجا ہے۔ اس کا منتظر ہوں۔

تین بجے انہوں نے مجھے اطلاع دی کہ وقت قریب ہے۔ میں کانپ اٹھا۔ مجھ پر غیر متوقع تاثرات نے قبضہ جما رکھا ہے۔

وہ مجھے ایک اور کمرہ میں لے گئے جو بہت تنگ تھا۔ سورج کی روشنی وہاں تک بمشکل

پہنچ سکتی تھی۔

کچھ لوگ دروازے کے قریب کھڑے ہیں۔ ان میں سے ایک لانبا مضبوط اور معمر انسان ہے۔۔۔۔یہی جلاد ہے۔

باقی کے دو ملازم ہیں۔ جب میں بیٹھا ہوا تھا۔ تو وہ دونوں آہستہ سے میری طرف آئے اور میرے سر کے بالوں کو جو میرے شانوں پر پڑے ہوئے تھے کاٹنا شروع کیا۔اس وقت کمرے میں ہر شخص آہستہ گفتگو کرتا مگر کمرے کے باہر عوام ہنس رہے تھے۔۔۔۔ان کے شیطانی قہقہوں کی آواز مجھ تک پہنچ رہی تھی۔

کھڑکی کے قریب ایک نوجوان پنسل سے کچھ لکھ رہا تھا۔ لکھتے وقت اس نے ملازم سے اس رسم کے متعلق دریافت کیا۔۔۔۔میرے بال کاٹنے کے عمل کا نام پوچھا۔

"مجرم کا سنگار" حجاموں نے جواب دیا۔

اس سے میں نے یہ نتیجہ اخذ کیا کہ وہ شخص نامہ نگار ہے۔ اور جو کچھ بھی یہاں ہو رہا ہے وہ کل کے اخبارات میں شائع ہو جائے گا۔

ازاں بعد ایک ملازم نے میرے کپڑے اتارنے شروع کئے۔ جب وہ قینچی سے میرا کالر کاٹ رہا تھا تو گردن پر سرد لوہے کو محسوس کرتے ہی میرے جسم میں کپکپی طاری ہو گئی۔

"کیا آپ کو تکلیف تو نہیں ہوئی۔ معاف کر دیجئے گا۔" جلاد نے کہا۔

آہ! یہ جلاد بھی اپنی قسم کے رحم دل ہوتے ہیں۔

تب دوسرے آدمی نے میری کلائیوں کے گرد ایک ہلکا سا دھاگا لپیٹ دیا۔ ہر چیز پایہ تکمیل کو پہنچ چکی تھی۔ پادری صلیب کے نزدیک آیا اور بولا "آؤ میرے بیٹے آؤ۔"

کمرہ میں موجود لوگوں نے مجھے بازوؤں سے پکڑ کر اٹھایا۔ میں بمشکل دو چار قدم چل

سکا۔ میرے پاؤں بہت وزنی ہو چکے تھے۔

خیر بعض تنگ و تاریک کمروں سے گذر کر ہم ایک دروازے تک آئے جس کے دائیں جانب محافظ سواروں کا ایک دستہ تھا۔ بائیں طرف ایک گاڑی تھی۔ زندان کی کوٹھڑی کی دوسری بہن۔

"وہ ہے۔۔۔۔ وہ۔ آخر کار وہ آگیا۔" انبوہ سے آواز آئی۔ بعض لوگوں نے تالیاں بجائیں۔ گویا ان کے نزدیک اس سے مسرت بخش سماں کوئی نہ ہو سکتا تھا۔ طویل القامت جلاد سب سے پہلے گاڑی میں داخل ہوا۔ اس کے بعد اس کا ایک نوکر داخل ہوا۔

اب میری باری تھی۔ میں دل کو قوی کرتے ہوئے گاڑی پر سوار ہوا۔'اس کے ہوش وحواس قائم ہیں۔" ایک خاتون گروہ سے بولی۔

میں نے اپنے گردو پیش نظر دو ڑرائی۔ آگے محافظ۔۔۔۔ پیچھے محافظ۔۔۔۔ انبوہ۔۔۔۔ انبوہ۔۔۔۔ بازار میں انسانی سروں کا سمندر، گاڑی کے چلتے ہی تمام" جلوس" نے بھی حرکت شروع کی۔

"ٹوپیاں اتار دو۔" ہزارہا لوگوں نے کہا۔

گویا وہ کسی بادشاہ کا استقبال کر رہے تھے۔ میں مسکرایا اور پادری سے یوں کہا" وہ اپنی ٹوپیاں اتاریں۔۔۔۔ اور میں اپنا سر۔۔۔۔"

سامنے کھڑکیوں میں ہزارہا تماشائی بیٹھے ہوئے ہیں۔۔۔۔ عورتوں کی تعداد مردوں سے زیادہ ہے۔

بعض ظالموں نے میزوں اور کرسیوں سے جگہ آراستہ کر رکھی تھی۔ اور وہ پکار پکار کر کہہ رہے تھے:

"کسی کو جگہ چاہئے!"

جی میں آئی کہ کھڑا ہو کر ان سے دریافت کروں۔ "میری جگہ کسے چاہیئے؟" مگر میں چپ رہا۔

گاڑی آہستہ آہستہ آگے بڑھی۔ قدم قدم پر گاڑی کو رکنا پڑتا۔ کیونکہ ہجوم گاڑی کے آگے کھڑا ہو جاتا۔۔۔ وہ مجھے بار بار دیکھنا چاہتے تھے۔ میرے خیالات بہت پراگندہ ہو گئے تھے اس لئے میں نے چاہا کہ ہر قسم کے شور سے لاپروا صرف پادری کی طرف متوجہ رہوں میں نے صلیب کو اٹھایا اور اسے بوسہ دیا۔

"میرے خدا! مجھ پر رحم کر۔" میں نے گاڑی کی سیاہ چھت کی طرف تکتے ہوئے کہا۔ مینہ برس رہا ہے جس نے میرے کپڑوں کو تر کر رکھا ہے۔ غضب کی سردی ہے۔ اکڑا جا رہا ہوں۔

"میرے بیٹے کیا تم سردی سے کانپ رہے ہو؟" پادری نے دریافت کیا۔

"مقدس باپ! صرف سردی سے نہیں!"

پل کے اس پار چند عورتیں میری حالت اور جوانی سے متاثر میری موت پر اظہار افسوس کر رہی تھیں۔

آخر کار منزل مقصود آ پہنچی۔ چاروں طرف لوگوں کا ہجوم ہے۔ ان میں سے ہر ایک میرا واقف ہے۔ میرا نام بچے بچے کے ورد زبان ہے۔ اس قدر لوگوں کی نگاہوں کے بار سے دبا جا رہا ہوں۔ اس منظر کی زیادہ دیر تک تاب نہ لا سکا۔ بے ہوش سا ہو گیا۔ اب اپنے گرد و پیش کے حالات سے بے خبر ہوں۔ معلوم نہیں لوگ اظہار انبساط کر رہے ہیں یا اظہار تاسف۔

میرے بائیں جانب نوترے دیم کا گرجا ہے۔

گاڑی آگے بڑھی اور تماشائیوں کے گروہ سے گذر گئی۔ میں خاموش پڑا رہا۔ اچانک

گاڑی رک گئی۔

"میرے بچے! ہمت کرو۔" پادری نے کہا۔

گاڑی کے ساتھ ایک سیڑھی لگادی گئی۔ روشنی میں مجھے کچھ نظر پڑا۔ آہ! وہ حقیقت ہے

" مجھے آخری خواہش کا اظہار کرنا ہے۔" میں نے ان سے التجا کی۔ انہوں نے میرے ہاتھ کھول دیئے۔ مگر رسی موجود ہے۔ آخری خواہش لکھ چکنے کے بعد پھر وہی رسی ہوگی اور میری کلائیاں۔ آہ!

(۴۹)

منصف! کمشنر! مجسٹریٹ! خدامعلوم کون۔۔۔ آیا۔

میں نے اس سے اپنے معافی نامہ کے لئے استدعا کی۔ ہاتھ جوڑتے ہوئے سفارش کے لئے کہا۔ زانو پر کھڑا ہو کر گڑگڑا کر التجا کی۔ مگر اس پتھر ایسے دل پر کوئی اثر نہ ہوا۔ جواب دیا تو یہ۔ "کیا یہی کچھ کہنا ہے تمہیں؟"

معافی۔۔۔ معافی نامہ حاصل کرنے کے لئے صرف پانچ منٹ کا قلیل عرصہ۔۔۔ میری خاطر نہیں تو خدا ارحم کی خاطر۔ کسے خبر ہے کہ اس عرصہ میں میری رحم کی درخواست منظور ہو جائے۔ آہ!! اس عمر میں خصوصاً ایسی موت مرنا کس قدر ہولناک ہے۔ جناب! اگر وہ مجھ بدقسمت پر رحم نہیں کریں گے تو کس پر کریں گے۔ کیا میں اس کا مستحق نہیں؟ میں ملتجی ہوا۔

مگر پیشتر اس کے وہ کوئی جواب دے، جلاد کمرے میں داخل ہوا اور مجسٹریٹ سے

کہنے لگا" چونکہ مقررہ وقت قریب آرہا ہے اس لئے آپ کی موجودگی وہاں ضروری ہے۔

" خدا کے لئے تھوڑی دیر انتظار کرو۔۔۔۔ تمہیں رحم کا واسطہ ایک لمحہ تو ٹھہرو۔ شاید معافی نامہ تو آجائے۔ اگر ایسا نہ کرو گے تو بخدا میں تمہیں کاٹوں گا۔ اپنی جان بچانے کے لئے ہر ممکن کوشش کروں گا۔

مجسٹریٹ اور جلاد کچھ کہے بغیر چلے گئے۔۔۔۔ میں اب اکیلا ہوں۔۔۔۔ اکیلا دو محافظوں کے درمیان۔

اف میں پاگل ہو رہا ہوں۔ مگر اب بھی میرے دل میں امید کی آخری کرن باقی ہے۔۔۔۔ معافی۔۔۔۔ شاید میں اس ہولناک موت سے بچ جاؤں۔۔۔۔ ناممکن ہے وہ میری درخواست رحم کو رد کر دیں گے۔۔۔۔ ظالم! سفاک!! کوئی میرے کمرے کی طرف آرہا ہے۔ میرے اللہ! جلاد!!۔۔۔۔

بس۔۔۔۔ خاتمہ۔۔۔۔۔۔۔۔

چار کا وقت

انتقام اسیر

(Glaude Cueux)

آج سے آٹھ سال قبل پیرس کے خوبصورت شہر میں ایک غریب مزدور رہتا تھا اپنے علاوہ اسے دو پیٹ اور پالنے پڑتے۔۔۔ اس کی مالکہ یعنی بیوی اور ننھا سا بچہ۔

میں ناظرین کی خدمت میں حقیقت بیان کر رہا ہوں جس میں کسی قسم کے تصنع کو دخل نہیں۔ جو کچھ بھی ہے صداقت پر مبنی ہے۔ اس سے سبق حاصل کرنا اس کے پڑھنے والوں پر چھوڑتا ہوں۔

بچپن ہی سے وہ پردہ غفلت میں رہا۔ آغوش جہالت میں پرورش پاتا رہا، مگر بایں ہمہ وہ ایک اچھے دماغ کا مالک تھا۔ دنیا کے چھوٹے سے چھوٹے حادثہ پر گھنٹوں فکر کرتا۔

موسم سرما آیا۔ حسب معمول تکالیف و مصائب کے سازو سامان سے آراستہ! ایندھن کی کمی۔۔۔ روٹی کی کمی۔۔۔ مزدوری کی کمی!! وہ شخص، اس کی بیوی اور بچہ فاقوں پر فاقے کرتے۔ مگر انجام کار اس ذلیل زندگی سے تنگ آ گئے۔۔۔ مزدور چور بن گیا۔

مجھے معلوم نہیں اس نے کیا چرایا۔ مگر اتنا معلوم ہے کہ لڑکے اور اس کی ماں کے لئے تین دن کا خورد و نوش مہیا ہو گیا، اور اس کے لئے پانچ سال کی سزا۔

اس کو سزا کے ایام پورے کرنے کے لئے زندان میں بھیج دیا گیا۔ زندان جو گرجا

گھر کی عمارت میں تبدیل کر دیا گیا تھا۔۔۔اب اس معبد کے کمرے تنگ و تار کوٹھڑیاں۔اس کی قربان گاہ وہ چوبی کٹہرہ جس میں پھانسی دی جاتی ہے۔

بعض اصحاب کے نزدیک یہ ترقی ہے۔تمدنی ترقی۔

خیر!زندان میں رات تو وہ کوٹھڑی میں بسر کرتا اور دن بھر کارخانہ میں۔مجھے کارخانہ سے کوئی نفرت نہیں۔

کلادے گیو(یہ مجرم کا نام تھا)ایسا ایمان دار مزدور اگر چوری کرنے پر مجبور ہوا تو اپنی مشکلات کی بنا پر۔ورنہ وہ سلیم الدماغ نیک اور رحم دل تھا۔وہ نہایت ہی اچھے دماغ کا مالک تھا۔

اب آپ دیکھیں گے کہ سوسائٹی نے اس دماغ کے ساتھ کیا سلوک کیا۔اپنے کام کے دوران میں شاید ہی وہ کسی سے ہمکلام ہوتا۔مگر اس کے چہرے سے وقار اور وفاداری عیاں تھی۔

جیل کے اندر کلادے گیو کو کارخانہ میں کام کرنا پڑتا۔اس کی نگرانی کے لئے ایک نائب ناظم مقرر تھا۔وہ بیک وقت داروغہ اور سوداگر تھا۔

وہ ظالم تھا۔اس نے کبھی ادراک سے کام نہ لیا۔وہ تُندخو ہونے کے بجائے سخت دل تھا۔اگر ایک لمحہ وہ خوش مذاق مزاحیہ اور شادماں ہوتا۔تو دوسرے لمحہ وہ تُندخو اور بد مزاج ہوتا۔اس کا تعلق نسل انسانی کی اس جماعت سے تھا جس کے افراد نئے خیالات جذب کرنے کی اہلیت نہیں ہوتی جو بظاہر حوادث سے متاثر نہیں ہوتے۔نفرت وحقارت کے ناپاک جذبات جن کے قلوب میں پرورش پاتے ہیں جو اس چُوب خشک کی مانند ہیں جس کا ایک سرا جل رہا ہو۔مگر دوسرا برف کی مانند سرد۔

اس داروغہ کی سیرت میں ہٹ دھرمی کوٹ کوٹ کر بھری ہوئی تھی۔وہ اپنی

ضدی فطرت پر اس قدر نازاں تھا کہ اپنے تئیں نپولین تصور کرتا۔ یہ محض فریب نظر تھا۔ وہ شمع کو درخشندہ ستارہ سمجھے بیٹھا تھا۔ جب کبھی وہ ذلیل حرکت پر آمادہ ہوتا تو وہ ضرور اسے پایہ تکمیل تک پہنچاتا بارہا ایسا ہوتا ہے کہ جب کبھی ہم افتادبلا کے اسباب و علل پر غور کرتے ہیں تو ہم اس نتیجہ پر پہنچتے ہیں کہ اس کی ابتدا ضد اور اعتماد نفس سے ہوئی۔

ہمارا ناظم اس سیرت کا حامل تھا۔ اسے سوسائٹی نے دوسروں پر حکمران کر رکھا تھا۔ اس کی مثال بعینہ اس شخص کی مانند تھی جو دبی ہوئی راکھ سے چنگاریوں کی جستجو کرتا ہو۔ مگر اکثر اس قسم کی چنگاریاں برق کی صورت میں نمودار ہو کر گلشن ہستی کو بیابانوں میں تبدیل کر دیتی ہیں۔

جیسا کہ ہم ذکر کر چکے ہیں کلا دے گیو کے زندان میں داخل ہوتے ہی اسے مجرموں کا لباس پہنا دیا گیا اور ورکشاپ میں کسی کام پر لگا دیا گیا۔ ناظم کی نگاہوں نے تھوڑے دنوں کے بعد ہی تاڑ لیا کہ کلا دے گیو دیگر مجرموں کی طرح نہ تھا۔ اس لئے اس نے اس کی اچھی طرح نگہداشت کرنی شروع کر دی۔

کلا دے زندان میں بہت مغموم سا رہتا۔ اس کا نقطہ نظر صرف اس کی بیوی اور بچے کی یاد تھی جس کی امید پر وہ زندگی کی تاریک گھڑیاں صبر و تحمل سے گذار دینے پر آمادہ تھا۔ کلا دے کو حسرت و یاس کا مجسمہ دیکھ کر ناظم نے اس کا غم غلط کرنے اور حوصلہ افزائی کے لئے اسے بتلایا کہ اس کی عورت بیسوا طبقہ میں شامل ہو چکی ہے۔ دوسرے لفظوں میں بیسوا کا لباس پہن چکی ہے۔

"اور لڑکا" قیدی نے پوچھا۔

اس کے متعلق ناظم کو کچھ علم نہ تھا۔

کچھ عرصہ کے بعد کلا دے اس زندگی سے مانوس ہو گیا۔ اور رفتہ رفتہ وہ خیالات جو

اس کی پریشانی کا باعث تھے محو ہو گئے۔۔۔ اس کے چہرے سے اب آہنی ارادہ کے آثار نمایاں تھے۔ وہ اس زندگی اور اس عرصہ کو خندہ پیشانی کے ساتھ گذارنا چاہتا تھا۔ خواہ وہ کیسی ہی تکلیف دہ کیوں نہ ہو۔

کلادے کی ہستی جیل میں ایک نمایاں حیثیت رکھتی۔ اپنے ہم اسیر قیدیوں کے درمیان اس کا بہت رتبہ تھا۔ وہ تمام اس کی عزت کرتے اور اس سے اپنی اپنی مشکلات بیان کر کے مشورہ لیتے۔

تین ماہ سے کم عرصہ میں کلادے نے ہر شخص کے دل میں جگہ کر لی اور اسی عرصہ میں ورکشاپ کے قیدیوں کا لیڈر بن گیا۔ وہ سب اس کی پرستش کرتے، حتیٰ کہ کئی دفعہ وہ گمان کرنے لگتا کہ وہ بادشاہ ہے۔ ایک اسیر پادری ہے اپنے معتقدوں کے درمیان! یہ لازمی امر تھا کہ یہ ہردلعزیزی اور شہرت دیگر افراد کے دلوں میں حسد کی چنگاریاں پیدا کرتی۔ چنانچہ یہی ہوا۔ محافظوں کے دلوں میں کلادے کا وجود خار کی طرح کھٹکنے لگا۔۔۔ یہ اجنبی بات نہ تھی ہردلعزیزی اور نفرت کا چولی دامن کا ساتھ ہے۔۔۔ مگر غلاموں کی محبت آقا کی حقارت اور نفرت سے زیادہ مستحکم ہوتی ہے۔

بدقسمتی سے کلادے بسیار خور واقع ہوا تھا۔ اس کی بھوک مٹانے کے لئے اس کی اپنی غذا ناکافی تھی۔ آزادی کے ایام میں وہ محنت سے اپنی پوری غذا مہیا کر لیتا، مگر دوران اسیری وہ دن بھر کام کرتا تو بھی اسے پیٹ بھر کے کھانا نہ ملتا۔ وہ ہمیشہ بھوکا رہتا، مگر اس کی شکایت کے الفاظ اس کی زبان پر ہرگز نہ آئے۔ وہ اسی خصلت کا مالک تھا۔

ایک روز جب کہ کلادے اپنا کھانا ختم کر کے کام میں مشغول ہوا چاہتا تھا، اس "قحط" کو اپنے کام میں محو کرنا چاہتا تھا کہ ایک دبلا پتلا قیدی ایک ہاتھ میں چاقو دوسرے میں کھانا پکڑے ہوئے اس کی جانب آیا، کچھ کہنا چاہتا تھا کہ جھجک گیا۔

"کیا چاہتے ہو تم۔" کلادے نے اس سے درشت لہجے میں دریافت کیا۔

"ایک عنایت۔"

"عنایت؟"

"میرے پاس ضرورت سے زیادہ کھانا ہوتا ہے۔ مہربانی فرما کر اس میں تھوڑا سا آپ لے لیا کریں۔

کلادے کی آنکھیں نمناک ہو گئیں۔ بغیر کسی تکلیف کئے اس نے کھانے کے دو حصے کئے اور اپنا حصہ کھانا شروع کر دیا۔

"شکریہ! مگر کیا ہی اچھا ہو کہ آپ ہر روز اسی طرح میرے کھانے میں سے حصہ لے لیا کریں۔" اس لڑکے نے مودبانہ کہا۔

"تمہارا نام۔"

"ایلبن۔"

"تم یہاں کس طرح آئے۔"

"چوری کے جرم میں۔"

"خیر میرا بھی یہی جرم ہے۔"

ایلبن بیس سال کا جوان تھا۔۔۔ مگر غیر معمولی کمزوری اور زردی سے پندرہ سال کا معلوم دیتا۔ کلادے گو ۳۵ سال کا تھا۔ مگر بسا اوقات پچاس سے بھی زیادہ عمر کا معلوم دیتا۔

ان دونوں کا رشتہ آپس میں باپ بیٹے کا تھا۔ ایلبن ابھی بچہ تھا۔ اور کلادے پیش از وقت بوڑھا۔ وہ دونوں ایک ہی جگہ مشقت کرتے، ایک ہی جگہ سوتے، وہ بہت خوش تھے۔۔۔ وہ ایک دوسرے کے لئے دنیا تھے۔

ہم جیل کے ناظم کے متعلق اس سے پیشتر بھی یہی ذکر کر چکے ہیں کہ کلادے کا وجود اس کی نگاہ میں خار کی طرح کھٹک رہا تھا۔ اس کی وجہ صرف یہ تھی کہ کلادے قیدیوں کی نظروں میں بہت وقعت رکھتا، اور وہ اس کا ہر حکم ماننے کے لئے بسر و چشم حاضر رہتے۔

ایک دن جیل میں کسی قسم کی شورش پیدا ہو گئی اور قیدیوں نے ناظم کا حکم ماننے سے انکار کر دیا۔ ناظم اور محافظ نے لاکھ سر پٹکا مگر کچھ بن نہ آئی۔ لیکن کلادے کے دو الفاظ نے ان سب کو جھکا دیا۔ نتیجہ یہ ہوا کہ حسد کی چنگاری نے اب آگ کی صورت اختیار کر لی۔ اصلاح شدہ مجرم کی صورت سے اسے نفرت پیدا ہو گئی۔۔۔۔ حق پر قوت کے غلبہ کی عیاں مثال۔

اس نوعیت کی نفرت جو سینہ میں خفیہ طور پر پرورش پاتی رہے اس آتش فشاں پہاڑ کی طرح ہے جس نے برسوں سے آگ نہ اگلی ہو۔

ایلبن کی رفاقت نے کلادے کو ناظم کے وقار سے بالکل غافل کر دیا تھا۔ ایک روز جبکہ دونوں کام میں مشغول تھے ایک وارڈر آیا اور ایلبن سے ناظم کے روبرو پیش ہونے کو کہا۔

"تمہیں ناظم نے کیوں بلا بھیجا ہے؟" کلادے نے ایلبن سے پوچھا۔

"معلوم نہیں۔"

ایلبن وارڈر کی معیت میں ناظم کے پاس چلا گیا۔ سارا دن گذر گیا مگر ایلبن واپس نہ آیا۔۔۔۔۔۔ بے سود اس کا انتظار کرتا رہا۔ رات ہونے پر بھی جب وہ نہ آیا تو نہایت بے قراری کی حالت میں اپنے محافظ سے پوچھا۔

"ایلبن بیمار ہے کیا؟"

"نہیں تو!" محافظ نے جواب دیا۔

"تو پھر کیا وجہ ہے کہ وہ دن بھر سے غائب ہے۔"

"تمہیں معلوم نہیں اس کا کمرہ تبدیل کر دیا گیا ہے۔" محافظ نے لاپروائی سے کہا۔

محافظ کے اس جواب پر کلادے کا ہاتھ جس میں شمع پکڑے ہوئے تھا۔ کانپا۔

"کس کے حکم سے؟" کلادے نے تحمل سے کہا۔

"موسیوڈی۔۔۔۔کے حکم سے۔۔۔۔ یہ ناظم کا نام تھا۔

دوسرے روز شام کو ناظم حسب معمول کام کی دیکھ بھال کے لئے آیا۔ کلادے نے اسے دیکھتے ہی اپنی اونی ٹوپی سنبھالی اور کوٹ کے بٹن بند کرتے ہوئے ایک بینچ کے قریب کھڑا ہو گیا یہ زندان کے آدابوں میں سے ایک آداب ہے۔

جب ناظم اس کے قریب سے گذرا تو کلادے نے مودبانہ لہجے میں کہا:

"جناب۔"

ناظم مڑا۔

"جناب! کیا واقعی آپ نے ایلبن کو دوسرے کمرے میں منتقل کر دیا ہے۔"

"ہاں۔" ناظم نے جواب دیا۔

"جناب! میں اس کے بغیر زندہ نہیں رہ سکتا۔ آپ کو معلوم ہے کہ میرے لئے اپنا کھانا ناکافی ہوتا ہے۔ اس لئے ایلبن اپنے کھانے سے کچھ حصہ مجھے دے دیا کرتا تھا۔"

"مگر مجھے اس سے کیا سروکار؟

جناب! کیا آپ اتنی عنایت نہیں کر سکتے کہ ایلبن کو پھر میرے پاس واپس بھیج دیں۔"

"ناممکن! میرے احکام میں تبدیلی نہیں ہو سکتی!"

"یہ حکم کس کا ہے؟"

"میرا!"

"تو پھر جناب ہی پر میری زندگی کا انحصار ہے۔"

میرا حکم تبدیل نہیں ہو سکتا۔"

جناب! کیا آپ کو مجھ سے عداوت ہے؟"

"نہیں۔"

"تو پھر آپ ایلبن کو مجھ سے کیوں جدا کر رہے ہیں۔"

"اس لئے کہ یہ میری خواہش ہے۔"

یہ کہہ کر ناظم چلا گیا۔ کلادے اس شیر کی مانند جو اپنے شکار سے محروم کر دیا گیا ہو سر جھکائے کھڑا ہے۔

ہمیں یہ تسلیم کرنا پڑتا ہے کہ یہ غم کلادے کی بھوک میں کوئی تبدیلی واقع نہ کر سکا۔ وہ پہلے کی طرح ہی بھوکا رہا۔ اور بہت سے قیدیوں نے برضا اور رغبت اپنا کھانا اسے پیش کرنا چاہا مگر اس نے خندہ پیشانی سے انکار کر دیا۔

کلادے حسب معمول اپنا کام خاموشی سے کرتا۔ اور ہر روز شام کو ناظم سے پُر درد اور غصہ آمیز لہجہ میں ۔۔۔ دعا اور دھمکی کے مابین صرف دو الفاظ کہتا ۔۔۔" اور ایلبن۔" مگر اس کے جواب میں ناظم کا یہ طرز عمل کسی حالت میں بھی قابل ستائش نہ تھا۔ اور یہ بھی صاف عیاں تھا کہ کلادے نے اس طرز عمل کے انسداد کے لئے کوئی تہیہ کر لیا ہوا ہے۔ تمام زندان ہٹ دھرمی اور آہنی ارادہ کے درمیان فیصلہ کن جنگ دیکھنے کا منتظر تھا۔

ایک روز وہ ناظم سے یہ کہتا ہوا سنا گیا:۔

"جناب! ایلبن کو میرے پاس بھیج دیجئے۔ کیونکہ آپ کی اسی میں بہتری ہے۔ میں آپ کو یقین دلاتا ہوں۔۔۔۔ میرے الفاظ کو مت بھولئے آپ!"

ایک اتوار کو وہ گھنٹوں سر کو زانوؤں میں دیئے صحن میں بیٹھا رہا، اور جب ایک قیدی فیلٹ نے اس سے پوچھا کہ وہ کیوں مغموم سا ہے تو کلادے نے سر کو اوپر اٹھاتے ہوئے جواب دیا:

"میں کسی شخص کا فیصلہ مرتب کرنے میں مصروف ہوں۔"

۲۵ اکتوبر ۱۸۳۱ء کی شام کلادے نے اپنی گھڑی کا شیشہ زمین پر اس غرض سے پھینکا کہ ناظم کی توجہ اپنی طرف مبذول کرائے۔ وہ اس مقصد میں کامیاب ہو گیا۔۔۔۔ ناظم آیا۔

"یہ شیشہ میں نے پھینکا تھا۔۔۔۔ جناب! میں آپ سے درخواست کرتا ہوں کہ میرے رفیق کو میرے پاس بھیج دیجئے۔" غلام نے کہا۔

"ناممکن ہے" آقا نے جواب دیا۔

"آپ کو ایسا کرنا پڑے گا۔" کلادے نے کہا۔ اور ناظم کی آنکھوں سے آنکھیں ملاتے ہوئے نہایت استقلال سے گفتگو جاری رکھتے ہوئے کہنے لگا۔ "دیکھئے آج اکتوبر کی ۲۵ ہے۔ میں آپ کو ۴ نومبر تک اس معاملہ پر سوچنے کی مہلت دیتا ہوں۔"

ایک وارڈر جس نے یہ الفاظ سنے دھمکی پر تعبیر کئے۔ اور ناظم سے کلادے کے لئے سزائے تخلیہ تجویز کی۔ مگر ناظم نے اس بات کی کوئی پروانہ کی۔ وہ ان الفاظ سے خائف نہ ہوا۔

دوسرے روز ایک اور قیدی نے کلادے کی مغمومی طبع کے بارے میں سوال کیا

"کلادے تم کن خیالات میں غرق رہتے ہو۔"

"مجھے ڈر ہے کہ ہمارے اچھے ناظم پر کوئی نہ کوئی حادثہ پیش آنے والا ہے۔" کلا دے نے جواب دیا۔

۲۵ اکتوبر اور ۴ نومبر میں پورے نو دن باقی تھے۔۔۔ اس قلیل مدت کے بعد ناظم کی قسمت کا فیصلہ ہونے والا تھا۔

کلا دے ہر روز ناظم کے گوش گذار کر دیتا کہ وہ ایلبن کے بغیر نہیں رہ سکتا۔ ان گذارشوں سے ناظم تنگ آگیا۔ اور ایک روز اسے چوبیس گھنٹہ کی سزائے تخلیہ دے دی۔۔۔ روزانہ عجز وانکسار کا جواب۔

۴ نومبر آ پہنچا۔۔۔ اس دن کلا دے نہایت اطمینان قلب سے خواب سے بیدار ہوا۔ گذشتہ ایام کی یادگاریں نکالیں تاکہ انہیں جی بھر کے ایک دفعہ دیکھ لے: ایک قینچی اور ایک کتاب جو اس ہستی کی ملکیت تھی، جسے وہ جان سے زیادہ عزیز جانتا تھا، یعنی اس کی بیوی۔ ان عزیز چیزوں کو جیب میں رکھ کر وہ صحن میں ٹہلنے لگا کہ ایک قیدی اس کی نظر پڑا جو موٹی موٹی آہنی سلاخوں کے درمیان سے اس کی طرف متجسسانہ نگاہوں سے دیکھ رہا تھا۔

" آج رات کو میں ان سلاخوں کو قینچی سے کاٹ ڈالوں گا۔ " کلا دے نے قینچی دکھاتے ہوئے کہا۔ قیدی اس ناممکن اور محیر العقول بات سن کر ہنسنے لگا۔ کلا دے بھی اس ہنسی میں شامل ہو گیا۔

اس دن اس نے غیر معمولی انہماک سے کام کیا تاکہ اس چیز کی تیاری میں کوئی نقص باقی نہ رہ جائے جس کے عوض اسے کھانا ملتا تھا۔

دوپہر سے کچھ پہلے وہ کسی بہانہ سے چوب سازوں کے کمرہ میں چلا گیا جہاں قیدیوں نے اس کا پُرجوش استقبال کیا۔۔۔ کلا دے کی ہر جگہ عزت تھی۔

وہ اس کے گرد جمع ہو گئے جیسے وہ اس کے منہ سے کوئی کلمہ سننے کے لئے بیتاب ہوں۔ کلادے نے کمرہ میں نگاہیں دوڑائیں اور مطمئن ہو کر کہ جیل کا کوئی وارڈر اس وقت موجود نہ تھا، یوں گویا ہوا "کیا تم میں سے کوئی مجھے اپنی کلہاڑی دے سکتا ہے؟

"کس غرض کے لئے۔" انہوں نے دریافت کیا۔

"ناظم کو قتل کرنے کی خاطر" اس نے فوراً جواب دیا۔

اس پر سب نے اپنی اپنی کلہاڑیاں پیش کیں۔ کلادے نے اُن سب میں سے چھوٹی کلہاڑی منتخب کر کے اسے اپنے کوٹ کے دامن میں چھپالیا۔

اس وقت ستائیس قیدی موجود تھے۔ مگر ان میں سے کسی نے بھی اس راز کو افشانہ کیا۔ حتیٰ کہ انہوں نے اس واقع کے بعد اس موضوع پر گفتگو تک نہ کی۔۔۔۔ مگر وہ آنے والے حادثہ کے منتظر تھے۔ وہ حادثہ گو ہولناک تھا، مگر بہت آسان۔

صحن سے گذرتے ہوئے کلادے کو ایک قیدی ٹہلتا ہوا ملا جس نے اس سے دریافت کیا کہ وہ کوٹ میں کیا چھپائے ہوئے ہے۔

" ایک کلہاڑی! موسیوڈی۔۔۔۔ کے قتل کرنے کے لئے! تمہیں نظر آ رہی ہے کیا؟

کلادے نے کہا۔

"بہت کم۔" قیدی نے جواب دیا۔

دن کا بقایا حصہ حسب معمول مصروفیتوں میں گذر گیا۔ سات بجے شام قیدی اپنے اپنے ورکشاپوں میں منتقل کر دیئے گئے تاکہ ناظم ان کی حاضری لے سکے

کلادے روزمرہ کی طرح اپنے اسیروں کے ساتھ ایک بڑے سے ورکشاپ میں بند تھا۔ اس وقت اپنی قسم کا واحد واقعہ پیش آیا۔۔۔۔ کلادے نے اپنی جگہ پر کھڑے ہو کر

مندرجہ ذیل تقریر شروع کی۔

"تمہیں معلوم ہے کہ ایلبن اور مجھ میں ایک بھائی کا رشتہ تھا۔ اولاً میری پسندیدگی کی وجہ صرف یہ تھی کہ وہ اپنا کھانا میرے ساتھ تقسیم کرتا۔ مگر بعد ازاں وہ پسندیدگی محبت میں تبدیل ہوگئی جب وہ میرے ساتھ الفت کا اظہار کرنے لگا۔

ہم دونوں کی وابستگی موسیو ڈی۔۔۔۔ کے لئے کسی حالت میں بار خاطر نہ تھی۔ مگر اس نے صرف ہٹ دھرمی اور حسد کی خاطر ہمیں ایک دوسرے سے جدا کر دیا۔۔۔۔ صرف اس لئے کہ وہ بد خصلت ہے۔

میں نے اس سے بارہا التجا کی کہ وہ ایلبن کو میرے پاس واپس بھیج دے۔ مگر اس کے کان پر جوں تک نہ رینگی۔ آخر کار میں نے اسے ۴ نومبر تک اس معاملہ پر سوچنے کے لئے کہا، جس پر مجھے سزائے تخلیہ دی گئی۔ میں نے اسے ترازوئے عدل میں تولا تو اسے سزائے موت کا مستحق پایا۔ چنانچہ میں نے اس کی موت کا دن ۴ نومبر مقرر کیا ہے۔ وہ ابھی ابھی یہاں آئے گا۔ میں پھر تمہیں آگاہ کرتا ہوں کہ میں اس کی جان لینے پر تلا ہوا ہوں کیا تمہیں اس کے بارے میں کچھ کہنا ہے؟"

قبر کی خاموشی چھاگئی۔

کلا دے نے اپنی گفتگو جاری رکھی اور اپنے رفیقوں ۔۔۔۔ اکیاسی چوروں سے وجوہات بیان کرنی شروع کیں جو اس عمل کی محرک ہوئی تھیں۔ "میں اس خطرناک اقدام پر اس لئے مجبور ہوں کہ راستی پر ہوں۔ اس لئے کہ اس نے مجھے سخت روحانی تکلیف پہنچائی ہے۔ اس لئے کہ میں دو ماہ کے غور و فکر کے بعد اسی نتیجہ پر پہنچا ہوں۔ میں اچھی طرح سمجھتا ہوں کہ اس اقدام کے معنی میری موت ہے، چونکہ میں راستی پر ہوں اس لئے مجھے اپنی قربانی کی کوئی پرواہ نہیں۔ اگر تم میں سے کوئی اس کے خلاف کہنا چاہتا

ہے تو وہ اعلانیہ کہے۔"

اس قبر ایسی خاموشی میں ایک آواز نے چلا کر کہا" مگر قتل کرنے سے پیشتر تمہیں پھر اسے ایک دفعہ متنبہ کر دینا چاہئے۔"

"درست ہے! میرے دوست! میں اس کو مہلت دے دوں گا۔"

یہ کہہ کر اس نے اپنی چند ایک ملکیتیں جو اسے نہایت عزیز تھیں، ان قیدیوں میں تقسیم کر دیں لیکن قینچی اپنے پاس رکھ لی۔ ہر ایک قیدی سے بغلگیر ہوا۔ ان میں سے اکثر اس منظر کو بغیر آنسو بہائے نہ دیکھ سکے۔

کلادے حسب معمول خوش گپیوں سے مشغول ہو گیا۔ اس کو اس طرح دیکھ کر بعض نے خیال کیا کہ وہ اس خوفناک ارادہ سے باز آ گیا ہے۔

ایک نوجوان قیدی کلادے کے خوفناک ارادہ سے ابھی تک خائف ایک کونے میں کھڑا کانپ رہا تھا۔

"نوجوان آدمی! ہمت کرو۔ بس ایک لمحہ کا کام ہے۔" کلادے نے اسے کہا۔

کلادے نے ہر ایک سے مصافحہ کر لینے اور الوداع کہنے کے بعد سب کو حکم دیا کہ وہ اپنے اپنے کام میں مشغول ہو جائیں۔۔۔۔ اس کے حکم کی تعمیل کی گئی۔ وہ خود بھی اپنے کام میں منہمک ہو گیا۔ اچانک گھڑی کے گجر کی آواز سنائی دی۔ اس پر وہ اٹھا اور دروازے کے قریب خاموش کھڑا ہو گیا۔

دروازہ کھلا اور ناظم کمرے کے اندر داخل ہوا۔ وہ حسب معمول نہایت اطمینان سے کسی حادثہ سے بے خبر گزر رہا تھا کہ اپنے پیچھے کسی کی آہٹ سن کر مڑا تو کلادے کو کھڑا پایا۔

"تم اس جگہ کیا کر رہے ہو۔ اپنی جگہ پر کیوں نہیں جاتے؟ ناظم نے پوچھا۔

"میں جناب سے کچھ عرض کرنا چاہتا ہوں۔" کلادے نے مودبانہ کہا۔

"وہ کیا؟"

"ایلبن کی واپسی۔۔۔۔"

"۔۔۔" پھر وہی ضد"

"ہمیشہ ہو گی۔"

"معلوم ہوتا ہے کہ تمہارے لئے ۲۴ گھنٹہ سزائے تخلیہ ناکافی تھی۔" ناظم نے وہاں سے چلتے ہوئے کہا۔

"جناب! میرا رفیق مجھے واپس عنایت کیجئے۔ کلادے نے اس کے پیچھے چلتے ہوئے کہا۔

"ایسا ہونا ناممکنات میں سے ہے۔" ناظم نے جواب دیا۔

"جناب میں پھر ایک دفعہ التجا کرتا ہوں کہ میرے رفیق کو میرے پاس بھیج دیجئے۔ پھر آپ دیکھیں گے کہ میں کس طرح دل لگا کر کام کرتا ہوں۔ آپ آزاد ہیں۔ اس لئے آپ اس شخص کے احساسات قلب کا اندازہ نہیں لگا سکتے جس کا دنیا میں ایک ہی دوست ہو۔ ایک ہی رہا سہا سہارا ہو۔ زندان کی چار دیواری میں اس رفیق کی موجودگی ہی میرے لئے سب کچھ ہے۔ وہی میرے لئے دنیا کی عزیز ترین نعمت ہے۔ آپ آزادانہ چل پھر سکتے ہیں۔ آپ کے لئے دنیا میں سب کچھ موجود ہے۔ مگر میرے لئے ایلبن ہی دنیا ہے۔ خدا کے لئے!۔۔۔ اسے میرے پاس بھیج دیجئے۔ یہ بھی آپ کو معلوم ہے کہ وہ اپنا کھانا میرے ساتھ تقسیم کیا کرتا تھا۔ اگر یہ ایک تیرہ بخت انسان کلادے اس جگہ اپنے رفیق کے ساتھ تنہائی کے ایام بسر کرے تو اس میں آپ کا کیا حرج ہے۔ آپ سے صرف

اجازت چاہتا ہوں۔۔۔۔ صرف "ہاں"

جناب! میرے اچھے جناب! میں خدا کے نام پر ملتجی ہوں کہ میری گذارش کو قبول فرمایئے۔"

یہ کہہ کر کلادے جذبات کا طوفان سینہ میں دبائے ناظم کے جواب کا منتظر تھا۔

" یہ کبھی نہ ہو گا! میں اس سے پیشتر کہہ چکا ہوں کہ میرے احکام میں تبدیلی واقع نہیں ہو سکتی۔ جاؤ تم مجھے ستا رہے ہو۔" یہ کہہ کر ناظم نے دروازے کی جانب رخ کیا۔

اکیاسی چوروں پر قبر ایسی خاموشی طاری تھی۔

کلادے نے ناظم کے کندھے کو چھوا اور کہا" مجھے یہ تو معلوم ہونا چاہئے کہ آخر کن وجوہ کی بنا پر آپ میرے ساتھ ظلم کر رہے ہیں؟"

اس لئے کہ یہ میری مرضی ہے۔"ناظم نے جواب دیا۔

یہ جواب سن کر کلادے ایک قدم پیچھے ہٹا۔۔۔۔ ایک سو باسٹھ آنکھوں نے اسے کوٹ سے کلہاڑی نکالتے ہوئے دیکھا۔۔۔۔ ایک لمحہ میں ناظم کی لاش زمین پر بے جان پڑی تھی۔ تین ضربوں نے اس کے سر کے ٹکڑے ٹکڑے کر دیئے تھے۔ کلہاڑی کی چوتھی ضرب سے اس کی شکل پہچانی مشکل تھی۔

کلادے نے جو غصہ و انتقام سے اندھا ہو رہا تھا ایک اور کلہاڑی ناظم کی بے جان لاش پر پورے زور سے ماری مگر بے فائدہ۔ ناظم پہلے وار سے ہی سرد ہو چکا تھا۔ کلہاڑی کو ایک طرف پھینکتے ہوئے کلادے چلایا۔" اب دوسرا۔"۔۔۔۔ دوسرا وہ خود آپ تھا۔ اپنی بیوی کی قینچی نکال کر اس نے اپنی چھاتی میں پیوست کر لی۔ مگر حسب مقصود نتیجہ نہ نکلا۔ قینچی اس کی مضبوط چھاتی میں اچھی طرح نہ جا سکی۔

قینچی کے بیس وار کئے مگر بے سود۔ آخر کار چلایا۔" لعنت !! دل کی جگہ ہی نہیں

ملتی۔" اتنا کہااور خون آلود بے ہوشی کے عالم میں زمین پر گر پڑا۔

بتایئے ان دونوں میں کون کس کا شکار تھا؟

جب کلادے نے آنکھ کھولی تو اپنے آپ کو پٹیوں میں ملبوس ہسپتال میں پایا۔ اس کے آس پاس ہسپتال کی نرسیں کھڑی تھیں ان میں سے ہر ایک نے اس کی طبیعت کا حال پوچھا۔

خون کی کافی مقدار اس کے بدن سے خارج ہو چکی تھی۔ اور قینچی کے زخم بہت خطرناک صورت اختیار کر گئے تھے۔ مگر سب سے مہلک ضربات وہ تھیں۔ جو موسیو ڈی۔۔۔۔کے جسم پر پڑیں۔

ہوش آنے پر سوالات کی بوچھاڑ شروع ہوگئی۔ ناظم کے قتل کے بارے میں اس سے سوالات کئے جانے لگے۔ ان کے جواب میں اس نے بہادرانہ طور پر اعتراف جرم کیا۔

تھوڑے دنوں بعد اس کے زخموں نے نہایت خوفناک صورت اختیار کرلی۔ جن کی وجہ سے اس کے جسم کی حرارت بہت تیز ہوگئی۔

نومبر۔ دسمبر۔ جنوری اور فروری علاج معالجہ میں ہی گزر گئے۔ معالج اور منصف دونوں اس کی حالت دیکھنے آتے۔۔۔۔ معالج اس کا علاج کرنے۔۔۔۔ اور منصف تختہ دار مہیا کرنے کے لئے۔

خیر ۱۶مارچ ۱۸۳۲ء کو جب کلادے بالکل روبہ صحت ہوگیا۔ تو اس کا مقدمہ ٹرائے کی عدالت میں پیش ہوا۔ کمرہ عدالت تماشائیوں سے کھچا کھچ بھرا ہوا تھا۔

کلادے کی ظاہری صورت نے ججوں کے دل میں اس کی نسبت اچھی رائے قائم کر دی۔ اس کا خط بنا ہوا تھا۔ اور ننگے سر مجرموں کے لباس میں کٹھرے کے نزدیک کھڑا تھا۔

سرکاری وکیل نے بطور حفظ ماتقدم دروازوں پر پولیس افسر مقرر کر دیئے تھے تاکہ ان قیدیوں کے درمیان جو اس مقدمہ کے گواہ تھے کوئی گڑبڑ واقع نہ ہو جائے۔ دوران مقدمہ ایک نئی مشکل پیش آئی۔ ان گواہوں یعنی قیدیوں میں سے کوئی شخص بھی اس معاملہ کے متعلق گفتگو کرنے کو تیار نہ تھا۔ ججوں اور انسپکٹروں نے دھمکیاں دیں مگر بے سود۔ وہ کلادے کے خلاف ایک لفظ بھی اپنے منہ سے نکالنے کے لئے تیار نہ تھے۔

کلادے کا اصرار اور ہدایت ہی صرف ان کی زبان کھلوا سکی جس پر انہوں نے چشم دید حالات کو من و عن سنا دیا۔ جہاں کہیں وہ اس خونی داستان کے بیان کرنے میں رک جاتے کلادے ان کو صحیح واقعہ بتلا دیتا۔

اس منظر کو دیکھ کر کمرہ عدالت میں موجود عورتوں کی آنکھوں سے آنسو رواں تھے۔

اب نقیب نے ایلبن کو پکارا۔

ایلبن وفور جذبات سے متاثر سرتاپا تھرتھراتا ہوا آیا اور آتے ہی اپنے آپ کو کلادے کی باہوں میں ڈال دیا۔

"یہ وہی بدبخت انسان ہے جس نے ایک بھوکے کو روٹی کھلائی۔۔۔۔" کلادے نے سرکاری وکیل کی طرف مخاطب ہوتے ہوئے کہا۔

یہ کہہ کر وہ ایلبن کی طرف بڑھا اور اس کے ہاتھ کا بڑی محبت سے بوسہ لیا۔

جب سب گواہوں کا بیان ہو چکا تو سرکاری وکیل اٹھا اور جیوری کی طرف مخاطب ہو کر کہنے لگا:

"جیوری کے جملہ معزز اراکین! سوسائٹی کو بہت رنج ہو گا اگر اس قسم کے قاتلوں کو سزائے موت نہ دی گئی۔ جس نے۔۔۔۔"

سرکاری وکیل کے بیان کے بعد کلادے کے وکیل نے جرح کی۔۔۔ جرح جو عموماً ایسی نام نہاد عدالتوں میں اس موقع پر ہوا کرتی ہے۔

کلادے کا بیان ہوا تو حاضرین کی آنکھیں فرط حیرت سے کھلی کی کھلی رہ گئیں۔ جب انہوں نے ایک غریب اور جاہل مزدور سے ایک فاضل مقرر کے سے الفاظ سنے۔ بغیر کسی لغزش کے کلادے نے تمام واقعات کمال راستبازی سے بیان کر دیئے۔ وہ کٹہرے میں اس انداز سے کھڑا تھا جیسے وہ سچ بولنے پر تلا ہوا ہے۔

دوران بیان بعض دفعہ ایسا موقع آتا کہ ہجوم پر اس کے ہر لفظ کا اثر دکھائی دیتا۔ اس شخص۔۔۔ علم سے محض نابلد شخص نے اس جواز میں بہت سے وزنی دلائل پیش کئے، جن کی اس سے توقع نہ تھی۔ مگر دوران گفتگو اس نے ادب کو ہاتھ سے نہ جانے دیا۔ لیکن جب سرکاری وکیل نے یہ کہا کہ قتل کی واردات فوری غصہ اور رنج کا باعث نہ تھی تو کلادے کے غصہ کی کوئی انتہا نہ رہی۔

"مجھے رنج نہ پہنچا تھا کیا؟؟ درست ہے! اگر کوئی شراب سے مخمور مجھ پر حملہ کرتا اور میں اسے جان سے ہلاک کر دیتا تو تم اس فعل کو فوری غصہ پر تعبیر کرتے۔ سزائے موت کو حبس دوام میں تبدیل کر دیتے۔ مگر ایک شخص نے جس نے ہر ممکن طریقہ سے مجھے مجروح کرنا چاہا جو متواتر چار سال میری ذہنی اذیت کا باعث رہا، جس نے اسی قدر عرصہ تک مجھے ذلیل سمجھے رکھا، جو ہر روز میرا تمسخر اڑاتا، جس کا دن کے چوبیس گھنٹے اور چار سال تک یہی مشغلہ رہا کہ وہ اپنے ترکش کے تیر مجھ پر خالی کرتا رہے۔۔۔ جب میں نے اپنے مصائب و نوائب کے منبع کو بند کیا تو تم کہتے ہو کہ وہ عمل فوری غصہ سے محرک نہ ہوا۔

میرے ساتھ ایک عورت کا دامن وابستہ تھا جس کی خاطر میں نے چوری کی۔ وہ اس

کی بابت میرے احساسات مجروح کرتا تھا۔ میں ایک بچے کا باپ تھا جس کی خاطر میں نے ایسا رذیل کام کیا۔ وہ اس بچے کی باتیں سنا سنا کر میرے زخموں پر نمک پاشی کرتا رہا۔ میں بھوکا تھا، ایک دوست نے مجھے اپنا کھانا پیش کیا وہ اس دوست کو مجھ سے جدا کر لے گیا۔

میں نے اس کی خدمت میں التجا کی۔ اس نے مجھے اندھیری کوٹھڑی میں دھکیل دیا۔ جب میں نے اپنی تکلیفات کا اظہار کیا تو اس نے جواب دیا کہ اس کے کان ایسی باتوں کی سماعت کے لئے تیار نہیں۔

اگر تم میری جگہ ہوتے تو کیا کرتے؟

میں نے ان مصیبتوں کا خاتمہ کر دیا۔ اس شخص کو جو میری قلبی تکلیفات کا باعث تھا قتل کر دیا۔ تم اس قتل کو وحشیانہ عمل گردانتے ہو۔ کہتے ہو کہ مجھے صعوبات نہیں پہنچائی گئیں۔ سو تم میرا سر قلم کرنے کے درپے ہو، بصد خوشی کرو۔ میرا سر تمہارے ہاتھوں کا کھلونا بننے کے لئے حاضر ہے۔"

انسانی قانون اس نوعیت کے فوری غصہ کو اس قسم کے مظالم کو فیصلہ کرتے وقت پیش نظر نہیں رکھتا۔ صرف اس لئے کہ اس وار کے نشانات غیر مرئی ہوتے ہیں۔

جیوری بحث ختم ہوتے ہی فیصلہ مرتب کرنے میں مصروف ہو گئی۔ اور کلادے کے اس فعل کو خونریزی کا ایک ہیبت ناک عمل قرار دیا۔ اور اس کی زندگی کا نقشہ یوں کھینچا:

کلادے کی زندگی کی ابتدا ایک ایسی لڑکی سے ہوئی جو اس کی بیاہتا نہ تھی۔ اس نے چوری کی، پھر قتل کیا، یہ سب کچھ سچ تھا۔

فتویٰ صادر کرنے سے پیشتر جیوری نے کلادے سے دریافت کیا کہ آیا اسے اس بارے میں کچھ اور کہنا ہے۔

"بہت کم! میں چور ہوں، میں قاتل ہوں۔ میں جملہ اراکین جیوری سے صرف اس

قدر دریافت کرنا چاہتا ہوں کہ وہ کون سا امر تھا جس نے مجھے چوری کرنے پر مجبور کیا! وہ کون سی شے تھی جو میرے قاتلانہ حملہ میں محرک ہوئی۔"

جیوری بغیر جواب دیئے دوسرے کمرے میں فیصلہ مرتب کرنے کے خاطر چلی گئی۔ شہر کے ان بارہ معززین۔ ان نام نہاد اراکین نے کلادے پر موت کا فتویٰ صادر کر دیا۔

فیصلہ مرتب کرتے وقت ان کے پیش نظر کلادے کا دوسرا نام "گیو" یعنی بد معاش بھی تھا جو خاص طور پر ان کے فیصلہ صادر کرنے میں محرک ہوا۔

جب حکم سنایا جا چکا تو کلادے نے صرف اس قدر کہا "مجھے یہ سزا قبول ہے، مگر مقام تاسف ہے کہ انہوں نے میرے دو سوالات کا جواب نہیں دیا۔ میں نے چوری کیوں کی؟ اور میں نے قتل کس بنا پر کیا؟

زندان میں اس رات کو اس نے خوب سیر ہو کر کھانا کھایا۔

کلادے نے رحم کی درخواست کرنے سے انکار کر دیا، مگر جب اس نرس نے جس نے اس کی تیمار داری کی تھی اس بات پر اصرار کیا تو وہ رضامند ہو گیا۔ معلوم ہوتا ہے کہ یہ رضامندی صرف نرس کی خوشنودی کی خاطر تھی کیونکہ جس وقت اس کی درخواست پیش ہوئی تو رحم کی درخواست کی میعاد ختم ہو چکی تھی۔ کلادے نے عمداً دیر لگا دی تھی۔

جس وقت نرس اسے یہ خبر سنانے کے لئے آئی تو وفور جوش اور محبت سے اسے پانچ فرانک کا نوٹ دیا جسے کلادے نے شکریہ ادا کرتے ہوئے اپنے پاس رکھ لیا۔

اس کے ہم اسیر قیدیوں نے جو سب کے سب اس کے دام الفت میں گرفتار تھے۔ ہر ممکن ذریعہ سے اس کی فراری کے لئے کوشش کی۔

انہوں نے روشندان کے ذریعے کلادے کی کوٹھڑی میں ایک کیل کچھ تار اور ایک

لوہے کا ٹکڑا پھینکا۔ ان چیزوں میں سے کوئی ایک بھی اس کی فراری کا موجب ہو سکتی تھی۔ مگر اس نے وہ سب چیزیں وارڈر کے حوالے کر دیں۔

۸ جون ۱۸۳۲ء کو قتل کے واقع سے پورے سات ماہ چار دن بعد محافظ جیل کلادے کے پاس آیا۔ اور اسے مطلع کر دیا کہ اس کی زندگی میں اب صرف ایک گھنٹہ باقی تھا۔ اس کی درخواست رحم مسترد کر دی گئی تھی۔

"میں نے نہایت اطمینان سے آج کی رات بسر کی ہے اور امید کرتا ہوں کہ اسی طرح آخری لمحات بھی گذار دوں گا۔" کلادے نے محافظ سے کہا۔

معلوم ہوتا ہے کہ اس قسم کے آہنی ارادہ رکھنے والے انسان موت سے کبھی خائف نہیں ہوتے بلکہ موت کی آمد پر نہایت عالی حوصلگی سے گفتگو کرتے ہیں۔

کلادے کی کوٹھڑی میں پہلے پادری آیا۔ بعد ازاں جلاد۔ پادری کے ساتھ کلادے نہایت ادب اور خلوص سے پیش آیا اور بہت عرصہ تک دینی علوم سے نا اہل ہونے پر اظہار تاسف کرتا رہا۔ اپنے آپ کو دینی معلومات سے فائدہ نہ حاصل کرنے کی بنا پر لعنت ملامت کرتا رہا۔

جلاد کے ساتھ بھی وہ ایسے ہی خلوص سے پیش آیا۔ درحقیقت اس نے اپنی روح پادری کے حوالے کر دی اور اپنا جسم جلاد کے۔

جب اس کے بال تراشے جا رہے تھے تو کسی نے ذکر کیا کہ اس گرد و نواح میں ہیضہ پھیل رہا ہے اور امکان ہے کہ بہت تھوڑے عرصے میں ٹرائے بھی اس موذی مرض کا شکار ہو جائے گا۔

"مجھے اس سے کیا تعلق۔ تھوڑے عرصہ کے بعد ہیضہ کیا کوئی مرض بھی مجھ پر اثر نہ کر سکے گا۔" کلادے نے متبسمانہ لہجے میں کہا۔

خودکشی کے وقت کلادے سے قینچی ٹوٹ گئی تھی۔ بقایا حصہ اس کے پاس ابھی تک موجود تھا۔ اس نے وصیت کی وہ حصہ اس کے رفیق ایلبن کو دے دیا جائے۔ اس کا آدھا حصہ اس کی چھاتی میں زخموں کی صورت میں پنہاں تھا۔ یہ بھی خواہش کی کہ اس کا شام کا کھانا بھی اس کے دوست کو دے دیا جائے۔

اگر کچھ چیز اپنے پاس رکھی تو پانچ فرانک کا نوٹ جو کہ اسے نرس نے دیا تھا۔ وہ اسے دائیں ہاتھ میں پکڑے ہوئے تھا۔ جب اسے رسی سے باندھا گیا۔

پورے آٹھ بجے یہ ماتمی جلوس زندان سے گلو بریدی کے چبوترہ کی طرف روانہ ہوا۔ کلادے نہایت استقلال کے ساتھ اس چبوترہ پر چڑھا۔ اس کی آنکھیں پادری کی صلیب پر جمی ہوتی تھیں۔ وہ صلیب اس کے پنہاں زخموں پر مرہم کا کام دے رہی تھی۔ اس ہیبت ناک مشین پر باندھے جانے سے پیشتر اس نے پادری کو پانچ فرانک کا نوٹ پکڑاتے ہوئے کہا" غریبوں کے لئے۔"

مگر چونکہ آٹھ بجے کا گجر بج رہا تھا اس لئے پادری اس شور میں کلادے کی آواز نہ سن سکا۔ کلادے نے گھنٹہ کا شور ختم ہوتے ہی پھر ایک دفعہ پادری سے مخاطب ہوتے ہوئے کہا" غریبوں کے لئے۔"

ابھی یہ لفظ اس کی زبان پر ہی تھے کہ شریف اور حساس سر جسم سے علیحدہ ہو چکا تھا۔

سزائے موت کے لئے یوم السّوق مقرر کیا گیا تھا۔ تمام روز گلو بریدی کی مشین لوگوں کے خیالات وحسیات کو مشتعل کرتی رہی۔ نتیجہ یہ ہوا کہ ہجوم کے ہاتھوں ایک ٹیکس وصول کرنے والے کا قتل ہوتے ہوتے بچ گیا۔ کیا ان کے پیش نظر یہی نظریہ عبرت ہے۔ محولہ بالا واقعات صرف اس واحد غرض سے صفحہ قرطاس پر لائے گئے ہیں

کہ وہ تنسیخ سزائے موت ایسے مشکل اور نازک موضوع کی گتھی سلجھانے میں مدد دیں۔ کیونکہ ہمیں یقین واثق ہے کہ اس داستان کا ہر لفظ بذات خود ہمارے نظریہ کے مخالفین کا جواب ہے۔ اور یہ کہ انیسویں صدی کے اہم ترین مسئلہ کا حل اسی داستان میں موجود ہے۔

کلادے کی زندگی میں صرف دوامر قابل غور و فکر ہیں۔ اولاً اس کی تعلیم ثانیاً اس سزا کی نوعیت جو اس پر عاید کی گئی۔

مجلسی دائرہ کے لئے یہ امر باعث دلچسپی ہو گا کہ کلادے ایک اچھے فہم و فراست کا مالک تھا، مگر سوال یہ ہے کہ اس میں کس چیز کی کمی تھی۔ اس مسئلہ عظیم پر انسانی معاشرت کی بلندی کا انحصار ہے۔ جو چیز فطرت نے انسان کو بخشی سوسائٹی کا فرض ہے کہ اسے پایہ تکمیل تک پہنچائے۔

کلادے کی طرف دیکھئے۔ ایک بہترین دماغ اور شریف زادہ محض گناہ آلودہ فضا میں پرورش پانے کے باعث چور بن گیا۔ سوسائٹی نے اسے ایسے زندان میں رکھا جہاں گناہ پہلے سے بھی زیادہ تھا۔ نتیجہ یہ ہوا کہ وہ چور سے قاتل بن گیا۔ وہ قابل گرفت ہے؟ یا ہم؟

یہ مسئلہ غور طلب ہے۔ ہم اس کے عواقب و عواطف سے غافل رہ کر اس پر غور نہیں کرسکتے۔ حقائق ہمارے سامنے موجود ہیں۔ اگر حکومت ان پر غور نہ کرے تو حکام کس لئے ہیں، ایوانہائے سلطنت ہر سال اراکین کی نشست گاہ بنتے ہیں۔ وہاں مداخل و مخارج پر بحث ہوتی ہے۔ ذاتی مفاد کے لئے طرح طرح کے حیلے تراشے جاتے ہیں۔

ہمارے لئے ضروری ہے کہ ہم وزراء و اراکین سلطنت کو ہر ایک موضوع سے باخبر کر دیں۔ خواہ ان کا انجام کچھ نہ ہو۔

مقننین! تم اپنا وقت محض گفتار میں بسر کرتے ہو۔ تمہاری گفتار ایک دیہاتی مدرس کے لبوں پر بھی مسکراہٹ لے آتی ہے۔ تم کہتے ہو کہ موجودہ زمانے کے عیوب خود تمدن کے پیدا کردہ ہیں۔ گویا تم جو کیٹا فدرا۔ او ڈی پس۔ میڈیا اور روڈو گونا سے واقف تک نہیں۔

ایوان کے بڑے بڑے خطیب جس وقت سرگرم مباحثہ ہوتے ہیں تو فرانسیسی زبان ان کی قابلیت اور علمیت زبان پر نوحہ خوانی کرتی ہے۔ ہم اس کی اہمیت کو تسلیم کرتے ہیں۔ تاہم اس سے زیادہ اہم مضامین آغوش عدم میں پڑے رہتے ہیں۔ ان فضول مناظروں کا کیا نتیجہ نکل سکتا ہے؟ اراکین اس وقت کیا جواب دے سکتے ہیں، جب ان میں سے ایک مندرجہ ذیل سوال کرے۔

"خاموش! ہر وہ شخص جو اس سے قبل گفتگو کر چکا ہے خاموش رہے! آپ کو اس پر زعم ہے کہ آپ مسئلہ کے ہر پہلو سے واقف ہیں۔ لیکن حقیقت یہ ہے کہ آپ بالکل تاریکی میں ہیں۔"

وہ مسئلہ یہ ہے! ایک سال ہوا "عدل و انصاف" کے نام پر بالبرس میں ایک شخص کے ٹکڑے اڑادیئے گئے۔ جون میں ایک شخص کو موت کے گھاٹ اتار دیا گیا۔ پیرس میں لاتعداد افراد قتل کئے گئے۔

یہ مسئلہ ہے۔ آؤ اس پر غور کرو۔

تم! تم وہ ہو۔ جو صرف قلی محافظ کی وردیوں پر غور کرتے ہو۔ صرف ایک نکمی بحث پر وقت ضائع کرتے ہو کہ سپاہیوں کی وردیوں کے بٹن سفید ہوں یا زرد۔

حضرات! صرف عوام الناس تکالیف برداشت کرتے ہیں۔ خواہ حکومت شخصی ہو یا جمہوری۔ لیکن حقیقت یہ ہے کہ غربا بدستور مصائب کا شکار ہوتے ہیں۔ لوگ مفلسی کے

ہاتھوں تنگ ہیں۔ ان کا خون رگوں میں سرد ہو چکا ہے۔ وہ زندہ درگور ہیں۔ یہی سیاہ بختی انہیں جرائم کی طرف کشاں کشاں لے جاتی ہے۔ بیٹے جیلوں میں آباد کرتے ہیں اور لڑکیاں عشرت کدوں کی زینت بڑھاتی ہیں۔

تمہارے ہاں لاتعداد مجرم اور بے شمار عصمت فروش موجود ہیں۔ مجلسی بدن کی رگوں میں بدی کا خون موجزن ہے۔ تم بیمار کے قریب ہو۔ اس کی عیادت کرو۔ اس کی صحت کے لئے کوئی نسخہ تیار کرو۔

تم سب غلطی پر ہو۔ مسئلہ پر نہایت غور و فکر سے سوچو۔ تمہیں معلوم ہو جائے گا کہ تمہارے قوانین کا نصف حصہ ہے تمہارے روز مرہ کا کاروبار کا اور دوسرا نصف تمہاری جاہ طلبی کا

تم مجرموں کے جسموں پر داغ دیتے وقت ان کے مکتوب حیات پر جرائم کی مہر لگاتے ہو۔ تم اس سزا کے دو رفیق پیدا کرتے ہو۔ کبھی جدا نہ ہونے والے ساتھی۔۔۔۔ داغ اور جرم۔

جیل خانے اصلاح کی بہ نسبت افساد کا مرکز ہیں۔ جہاں تک سزائے موت کا تعلق ہے وہ ازمنہ بربریت کی آخری یادگار ہیں اس لئے داغ دینا، زندان اور سزائے موت سب ایک ہی شجر کے اثمار ہیں۔ تم نے داغ کی سزا موقوف کر دی ہے۔ مگر باقی ماندہ سزاؤں کا بھی خاتمہ کرو۔ جب تم نے آہنی سلاخ کو توڑ دیا تو پھر جلاد اور زندان کی کیا ضرورت ہے۔ اس زینہ کو جو بام جرم کی طرف لے جاتا ہو تو اتار دو۔ اپنے قوانین پر نظر ثانی کرو۔ قانونی کتب کو نئے سرے سے مرتب کرو۔ زندانوں کو از سر نو تعمیر کرو۔ عدالتوں میں نئے ججوں کا تقرر عمل میں لاؤ۔ قوانین کو عصر حاضر کے مطابق بناؤ۔

آپ لوگوں کے پیش نظر کفایت شعاری ہے۔ مگر خدارا اس کی خاطر تمہیں لوگوں

کے سروں کو اس بے دردی سے ان کے تنوں سے جدا نہیں کرنا چاہئے۔

اگر تم فی الحقیقت سختی پر تلے ہوئے ہو تو جلاد پر سختی کرو۔ اس مشاہرہ پر جو تم اپنے ۸۰ جلادوں کو دیتے ہو، تم چھ سو مدارس قائم کر سکتے ہو جو ان ہونے والے مجرموں کے اذہان کی اصلاح کریں۔

کیا تم نے کبھی اس امر پر بھی غور پرداخت کی ہے کہ تمہارے ملک فرانس میں تعلیم یافتہ شخص کے کیا اعداد و شمار ہیں۔ یورپ کے چپہ چپہ پر علم کی شعاعیں پہنچ چکی ہیں۔ سوئیٹرز لینڈ میں قریباً تمام افراد تعلیم یافتہ ہیں۔ بلجیم میں ہر شخص پڑھا ہوا ہے۔ تمام یونان تعلیم یافتہ افراد سے بھرا ہوا ہے۔ اگر علم سے بے بہرہ ہے تو تمہارا فرانس۔ کیا یہ امر تمہارے لئے باعث شرم نہیں۔

زندانوں میں جاؤ مجرموں کا بغور مطالعہ کرو۔ تمہیں اپنے رد کئے ہوئے شخصوں میں کئی ایسی شخصیتیں پنہاں نظر آئیں گی جو تھوڑی سی تعلیم حاصل کرنے پر تمہارے ملک کے درخشاں ستارے بن سکتیں، مگر ان کی موجودہ حالت حیوانوں سے بدتر ہے۔ اس میں کوئی شک نہیں کہ قدرت بھی قابل الزام ہے مگر تعلیم کی کمی کا، ان اذہان کو آغوش جرم کی طرف لے جانے میں بیش از بیش حصہ ہے۔

اس لئے تمہیں چاہئے کہ ان اذہان کی تعلیم و تربیت کے لئے کوشش کرو۔ ان پودوں کو جو عدم نگہداشت کی نذر ہو رہے ہیں سینچو اور ان کو علم کے سایہ میں پرورش پا کر پھلنے کا موقع دو۔

اقوام کی قابلیت کا اندازہ ان غیر معمولی افراد سے ہوتا ہے جنہیں وہ پیدا کرتی ہیں۔ جب روم اور یونان ایسے ممالک تعلیم یافتہ ہوگئے تو کیا تم اپنی مادر وطن کے فرزندوں کو علم سے مستفید نہیں کر سکتے؟

جب فرانس میں تعلیم عام ہو جائے تب عوام کو اخلاقی بلندی تک لے جاؤ۔ عدم علمیت گمراہ کن تعلیم سے بہتر ہے۔ ۱۸۳۰ کے پروانہ آزادی اور دیگر فرانسیسی کتب سے زیادہ اہمیت رکھنے والی ایک اور کتاب ہے: وہ بائبل ہے۔

تم جمہور کے لئے جو چاہو کرو۔ ان کی اکثریت کا دامن مفلسی اور تباہی سے وابستہ رہے گا۔ ان کی زندگی کی کشمکش پیہم۔ ان تھک محنت اور قوت برداشت مرکب ہے۔ ترازوئے عدل کی طرف دیکھو۔ تمام مصائب غربا کے لئے اور تمام مسرتیں امراء کے لئے دونوں پلڑے غیر مساوی ہیں۔ ترازوئے عدل کو دھوکا نہیں دینا چاہئے اور نہ ہی حکومت کو اس دھوکا دہی میں مدد کرنا چاہئے، کیونکہ اس سے غربا، کے مصائب میں نمایاں اضافہ ہوتا ہے۔

تم عدل و انصاف کو کام میں لاؤ تاکہ غریب کو معلوم ہو جائے کہ ان کے لئے نیلگوں آسمان کے نیچے کوئی جائے پناہ ہے۔ ایک ارضی جنت ہے جس کی لطیف فضاؤں سے وہ بھی متمتع ہو سکتا ہے۔ اس کا مرتبہ بلند کرو تاکہ اسے بھی معلوم ہو کہ امراء کی تعیش پسندی میں وہ بھی برابر کا شریک ہے۔ یہ مسیح کی تعلیم تھی جو والٹیر سے زیادہ علم رکھتے تھے۔

تب ان لوگوں کو جو یہاں کام کرتے ہیں آئندہ دنیا میں حصول اجر کی امید دلاؤ۔ وہ صبر اور شکر سے ایام زیست بسر کریں گے۔ پس انجیل کی اشاعت کرو۔ اس کی تعلیم کو ہر مقام پر پہنچاؤ تاکہ لوگوں کی سیرت بہتر اور ارفع ہو سکے۔ عوام کے سروں میں سودائے خام کی بجائے تابناک جوہر موجود ہیں، انہیں نیکی کی طرف بلاؤ اور پھر دیکھو کہ ان کی خوابیدہ قوتیں کس طرح بیدار ہوتی ہیں۔

حالات کے ماتحت کلادے کو قاتل بنناپڑا۔ اگر اس کی تربیت بہتر طریقوں سے کی

جاتی تو وہ اپنی ملت کا بہترین خادم ثابت ہوتا۔

ظلمت کدہ ضمیر منور کرو، عوام کی حالت بہتر بناؤ، انہیں تعلیم دو، ان کے اخلاق کی حفاظت کرو۔۔۔۔ پھر تمہیں ایسے انسانی سر کاٹنے کے لئے تیغ ستم کی ضرورت نہ ہوگی۔

***